DRÔLES D'OISEAUX

du même auteur

BIZARRERIES EN STOCK (2004)
RESTEZ AU CHAUD, DEHORS IL PLEUT (2006)
LE DÉMON DE LA SOLITUDE (2007)
TOUS LES CRIMES SONT DANS LA NATURE (2008)
CRIMES ET BONIMENTS (2010)
ELLES (2013)
PETITS RÉCITS À PÂLIR LA NUIT (2012)
DES NOUVELLES DE L'ABSURDE (2012)
RENCONTRES AVEC L'ÉTRANGE 2013)
DES NOUVELLES DE LA PEUR (2013)
ZONES D'OMBRE (2013)

HEUREUSEMENT, IL Y A EDDY (2013)

Alain MAGEROTTE

DrôleS d'oiseauX

15 nouvelles policières burlesques

bernardiennes

La raison, c'est l'intelligence en exercice ;
L'imagination, c'est l'intelligence en érection.
Victor HUGO

© illustration de Bernadette NEF

ISBN: 978-2-930738-02-4

Contact avec l'auteur : alain_magerotte@hotmail.com

Les conneries c'est comme les impôts,
on finit toujours par les payer."

(Michel Audiard)

QU'EST-IL ARRIVÉ À ZORRO ?

Dans le milieu des fouille-merde où je m'applique à retrouver les chats de mémères en détresse, on me surnomme Garfield... Garfield, ça me plaît au point d'avoir presque oublié mon véritable patronyme. Je pense à John Garfield, un acteur américain qui a joué dans la première version du film « Le facteur sonne toujours deux fois »... les américains sont les spécialistes des films noirs... les gangsters, les femmes fatales, les « privés »... bon, je l'admets, passer son temps à rechercher des chats, it's not very serious... donc pas américain... je m'en fous, je ne suis pas américain. En réalité, si on me surnomme Garfield, ce n'est pas en référence à l'acteur ou à mon goût prononcé pour le polar, mais plutôt en référence à ma spécialité... do you understand ?

« Allô, Monsieur Garfield ?... Madame Lecloac à l'appareil, venez tout de suite, il y a urgence... »

Si Madame Lecloac me demande de rappliquer dare-dare, ce n'est pas pour me montrer ses photos de vacances... j'ai eu l'occasion de les admirer la semaine dernière. Elle les réussit plutôt bien. Un concours de circonstances. Non pas qu'elle réussisse ses photos, mais le fait de les avoir déjà vues. C'était chez Ginette Danville où se trouvait Madame Lecloac. Ce sont deux amies. Ginette Danville m'avait contacté parce qu'elle avait perdu Pacha, son chat, un beau rouquin tigré.

Malgré la vue de clichés remplis de soleil d'un séjour hellénique enchanteur, Ginette Danville demeurait inconsolable. Ce fut donc avec une discrétion de femme adultère que Madame Lecloac et moi, nous nous sommes esbaudis devant l'Acropole et le Parthénon. À ce jour, je n'ai toujours pas retrouvé le tigré.

Dès que je pointe mon nez chez Madame Lecloac, la malheureuse se jette sur moi comme les clients d'un grand magasin sur les soldes. Son rimmel, refoulé par des larmes sincères, coule sur ses joues encore cuivrées de son escapade grecque.

« Zorro, mon chat, il a disparu ! »

Madame Lecloac a revêtu un peignoir en éponge de couleur bleue, unique frontière entre sa peau et votre serviteur. Elle se blottit si fort contre mon corps d'athlète que j'appréhende le moment où elle me fera le coup éculé de la vieille toujours compétitive qui désire, pour se consoler, s'offrir une gâterie avec un gars dans la force de l'âge. Je sens, en effet, la fermeté de ses bonbonnes à oxygène.

Malgré les atouts corporels de Madame Lecloac, je ne m'imagine pas faisant une partie de jambes en l'air avec une dame ayant atteint le troisième âge, même si c'est depuis peu. Les vieilles, je les vois plutôt faire sauter leurs petits-enfants sur les genoux ou fabriquer des confitures... et non des galipettes au fond d'un boudoir.

Madame Lecloac relâche enfin son étreinte, pose ses mains sur mes robustes épaules, et me dit, la voix déformée par le chagrin:

« Je vous en conjure, Monsieur Garfield, retrouvez mon Zorro ! »

Parfait, nous resterons concentrés sur le but de ma visite. Dorénavant, que les choses soient nettes; pas besoin de jouer les Marilyn pour me convaincre de m'occuper de la disparition d'un minet, quelle que soit sa race... persan, birman, scottish fold, british shorthair, tonkinois, american curl, russian blue ou, chat de gouttière... it's my business, après tout.

Madame Lecloac aperçoit une touffe de poil sur le tapis. Elle la ramasse pour la malaxer, pensive, entre ses doigts. Je me dis qu'on est reparti pour une crise de larmes. Remember when...

Il n'en est rien. Le fait de prendre du poil de la bête l'a ragaillardie. Aussi, se dirige-t-elle, déterminée, vers un secrétaire qu'elle ouvre pour farfouiller dans une pochette en plastique dont elle extrait des photos de l'animal. Zorro est un chat de gouttière. Il est noir avec un médaillon blanc sur la gorge.

Madame Lecloac disparaît ensuite dans la salle de bains pour enfiler une tenue moins suggestive. A son retour, elle me propose un verre de Brandy que je refuse. Par contre, j'accepte volontiers un verre d'eau. Rien de tel pour faire fonctionner les méninges.

Je parcours à nouveau les clichés du chat. Madame Lecloac prépare un chèque, un geste qui me remplit d'une intense émotion à chaque fois.

Je glisse le précieux papier, sur lequel sont alignés quelques zéros, dans ma poche, ainsi qu'une photo du félin. Par égard au montant qui m'a été octroyé, j'entreprends mes recherches immediately en me rendant chez le voisin, le bien nommé Maroille.

Le type, chemisette blanche façon tonton Marcel, bretelles Mickey pour retenir un futal gris, jauni le long de la braguette, les joues rosées d'Anjou et truffe torchée au beaujolpif, me reçoit dans un gourbi où l'air frais a fui la concentration des mauvaises odeurs. Je surprends le gaillard en flagrant délit de voyeurisme télévisuel. En clair, pas besoin de décodeur, Maroille se dégourdissait le manche en se tapant un porno.

Je ne m'en formalise guère, étant juste gêné d'avoir interrompu une séance libidineuse si relaxante. I am sorry.

« Ainsi donc, la mère Lecloac a perdu son chat, lance le bonhomme, ça ne vous empêchera pas de boire un coup » ajoute-t-il en me servant un verre aussitôt.

« Après la soupe, un coup de vin préserve d'un écu au médecin » se croit-il obligé d'ajouter pour se justifier.

J'apprends que le zigue n'est pas un adepte de la grande migration. Il ne s'autorise qu'à passer de la salle à manger à la chambre à coucher avec un détour forcé par la cuisine où, près du frigo, s'amoncellent des cadavres de bouteilles de rouge. De plus, ses courses sont faites par Madeleine, la fille des Poirier, les voisins du dessous. En échange, la gamine s'achète des friandises au moyen de l'argent que donne Maroille en remerciement du service rendu.

« Vous savez, M'sieur Garfield, Zorro est un matou, un vrai, un tatoué... et moi, je m'intéresse qu'aux chattes comme vous avez pu le constater en arrivant... encore un verre ? »

Afin de ne pas m'enliser davantage dans les eaux troubles du sexe, ajoutées aux vapeurs enivrantes de l'alcool; désireux également d'élever le niveau de l'enquête, je prends congé de Maroille.

Étape suivante : les Poirier précisément. Là, j'atterris dans un autre univers. Pour un qui voulait prendre de la hauteur, je suis servi... il y a un crucifix dans chacune des pièces. En outre, la maîtresse de maison apporte son écot à cette « propreté spirituelle » en distillant à grands coups de produits d'entretien, des odeurs opposées à celles qui m'ont agressé chez Maroille. Tout ici est propre, bien rangé ; la maîtresse des lieux obligeant même ses visiteurs à ôter leurs chaussures.

Les Poirier sont propriétaires de leur appartement qu'Edgar, le father, rembourse à tempérament... logique pour un chaud lapin qui héberge trois mouflets sous son toit. Mathieu,

Marc, et Madeleine dont j'ai déjà parlé. Des prénoms bibliques... normal, is'nt it ?

J'ai un peu de temps devant moi, le leader ne sera visible que d'ici une dizaine de minutes. Il prend un bain pendant que son épouse récure la cuisine équipée dernier modèle. La fée du logis me sert un verre d'eau que je bois cul sec. Les effets bénéfiques de la flotte sur mes neurones ne tardent pas : je comprends, à la vue des enfants Poirier, que dans cette piaule, j'évolue dans un monde cher à Feydeau et à Dieu.

Voilà un parallèle qui risque de provoquer un tsunami dans les bénitiers.

D'accord, autant le mécanisme des fables vaudevillesques, tournant autour de la trilogie « mari/ femme/ amant », est simpliste, autant celui de la Sainte Trinité, mettant en scène le trio « Père/ Fils/ Saint-Esprit », est complexe.

Mais, au bout du compte, la différence tient à peu de choses... à un placard ! Dans les comédies, l'amant s'y réfugie pour se cacher du mari; de l'autre côté, le bouillant Saint-Esprit batifole en toute impunité depuis des siècles et des siècles, amen... et surtout ailleurs.

Que de jeunes filles n'ont-elles invoqué son intervention... c'est ce qu'a dû faire la mère Poirier pour Madeleine. Car, si Marc et Mathieu se ressemblent, la troisième n'a rien de commun avec ses frérots. Calotin en diable, le chef de clan a dû interpréter ce dérapage comme un cadeau du ciel.

Quand paraît Edgar Poirier, dans sa robe de chambre en satin, je lui demande s'il est au courant du drame vécu par Madame Lecloac. Il donne sa langue au chat et, c'est comme une révélation. Non pas que je le prisse pour Dieu, mais un homme capable d'un tel sacrifice, ne peut se montrer cruel en séquestrant un animal. Je quitte donc ce lieu saint, éliminant, par la même occasion, de ma liste de suspects, Dick Rivers qui ne s'intéresse qu'aux chats sauvages, et Philippe Geluck dont le chat est doté de la parole... I suppose que Madame Lecloac n'aurait pas négligé pareil détail concernant Zorro.

Pour l'instant, je n'ai pas progressé d'un poil de moustache dans ma recherche mais, foi de Garfield, je finirai par mettre la main sur ce chat noir avec un médaillon blanc sur la gorge, sur ce Zorro... je retournerai tout le pays s'il le faut, je suivrai la moindre piste sauf... si elle me conduit dans le Massif Central où, je m'interdis de séjour. Parce que là-bas, même un chat n'y retrouverait pas ses jeunes. Alors, moi... questionner les autochtones... il y a des « cha » partout, dans chaque bout de phrases.

« Cha ne peut plus durer comme cha... cha chuffit, maintenant.... Cha commence à bien faire... crois-moi quand je dis qu'une poule cha pond et un chapon, cha pond pas !»

Question de « hauteur », je me retrouve plutôt au pied du Puy-de-Dôme qu'au sommet.

Mais non, je ne rêve pas... là-bas, au bout de la rue, une superbe créature ondule de la croupe. Je la reconnais... j'ai là, dans ma ligne de mire, ladies and gentlemen, « Catwoman » herself !

Que fait-elle en ces lieux ? Est-elle en quête d'un super matou ? Dans ce cas, Zorro ferait bien l'affaire, du moins si je m'en réfère aux photos. Mais, au fait, ils se connaissent peut-être déjà... il lui a refilé un rencard. Suivons « Catwoman », it's perhaps interesting...

La féline ne sait pas que je suis sur ses coussinets; eh oui, c'est tout un art, l'espion aux pattes de velours en est même jaloux.

Cette balade se termine au zoo. Comment n'y ai-je pas pensé ? Suis-je bête... je n'ai aucune excuse parce que j'ai vu le film. Il est évident que le lion de la Goldwyn Mayer, ou la panthère de René Château, sied mieux à son standing qu'un vulgaire chat de gouttière. J'abandonne «Catwoman» à son rendez-vous et peste contre mon manque de jugeote. Je devrais boire un coup d'eau pour m'éclaircir les idées. J'avise un *Carrefour* et m'y rends immediately pour acheter de la *Contrex*.

Je n'ai pas fait trois pas dans la boutique quand je repère une vieille connaissance au rayon « aliments pour chats »... Ginette Danville !

Que fait-elle là ? Pacha aurait-il réintégré le logis ? En tous cas, la mémère ne lésine pas sur la qualité de la marchandise, elle achète des boîtes de *Gourmet*. Le retour du chat fugueur, ça se fête dignement dans la chaumière.

Je la laisse vaquer à ses emplettes et vais chercher ma bouteille que j'extrais d'un pack. Nous nous retrouvons à faire la file à deux caisses différentes. Ginette Danville a un client d'avance sur moi et ne m'a toujours pas aperçu. J'observe cette femme à la dérobée. Cette femme qui ne ressemble plus à celle au cœur en lambeaux que j'avais rencontrée la semaine passée. Elle est toute pimpante; le retour de Pacha lui a rendu une félicité qui irradie sous la lumière artificielle du magasin.

Quand arrive mon tour à la caisse, elle quitte les lieux. J'ai vite fait de régler mon achat. A peine sorti, je décapsule la bouteille et porte le goulot à mes lèvres. Une bonne rasade d'eau et le ciboulot tourne à nouveau à plein régime. J'enfile un raccourci pour me rendre chez Ginette Danville qui, à son retour, me voit l'attendre en faisant les cent pas devant son immeuble. À ma vue, elle devient plus pâle que Michaël Jackson. Par sa réaction, elle en viendrait à me faire douter de la normalité de mes traits. O.K., on ne s'est plus vu depuis une semaine, mais ai-je changé au point de provoquer une telle frayeur ? En me rasant ce matin, j'ai juste remarqué, sur l'aile gauche du nez, un «début de bouton» que je m'empresserai de presser ce soir... vraiment pas de quoi fouetter un chat.

Non... le brusque changement de couleur épidermique de Ginette Danville n'est pas lié à mon faciès... il est plutôt dû à ma présence gênante... parce que Ginette Danville, j'en suis certain à présent, cache un terrible secret. Et moi, je vous le livre ce terrible secret : ces boîtes de *Gourmet* ne sont pas destinées à Pacha, mais à Zorro !... Thank you, *Contrex*.

« Monsieur Garfield, quelle bonne surprise... vous... vous avez de nouveaux éléments concernant la disparition de Pacha ? » questionne-t-elle sur un ton presque suppliant.

Ginette Danville croit me duper alors que sa question me conforte dans mon idée, elle est même un aveu. Comme je n'ai pas l'intention de jouer au jeu du chat et de la souris, je lui rétorque d'un air grave, à mille lieues de ma désinvolture légendaire :

« ... Auriez-vous quelques instants à me consacrer ? »

— Il n'est rien arrivé de mal à mon tigré, j'espère... rassurez-moi tout de suite » fait-elle d'une voix cassée. Je retrouve la Ginette Danville éplorée de la semaine dernière avec... la sincérité en moins. Elle commence à tousser, agitant son corps de violents soubresauts... juste pour augmenter le pathos de sa prestation.

« Je ne sais pas... figurez-vous que j'ai cru que Pacha avait réintégré votre domicile...

— Qu'est-ce qui vous fait croire ça ?

— Les boîtes de *Gourmet* que vous avez achetées...

— Les boîtes de... mais que... que signifie ?

— J'étais également à *Carrefour* tout à l'heure...

— Oui, je l'avoue, Monsieur Garfield... depuis la disparition de Pacha, je continue de m'approvisionner en boîtes de *Gourmet*, me donnant ainsi l'illusion qu'il est toujours là. »

Un chat ne retomberait pas mieux sur ses pattes. Je ne me laisse pas berner pour autant.

« Ne serions-nous pas plus à l'aise pour parler de tout ça chez vous ?

— Je n'ai pas encore eu le temps de faire le ménage, ça me gêne un petit peu...

— Je ne m'en formaliserai guère, quand j'ai une affaire en tête, je ne vois qu'elle et rien d'autre.

— Vous insistez pour entrer ?

— J'insiste pour entrer.

— Vous avez bien réfléchi ?

— J'ai bien réfléchi.

— C'est votre dernier mot ?

— C'est mon dernier mot.

— Dans ce cas, entrons !

— C'est cela, entrons !

— Vous essuierez vos pieds sur le paillasson ?

— J'essuierai mes pieds sur le paillasson. »

Les dix lignes qui précèdent démontrent combien la résistance de Ginette Danville fut héroïque. Dans notre époque commémorative, il est impératif de souligner une telle attitude et de la répercuter afin que le souvenir demeure, quand la plupart des témoins de cette joute oratoire auront disparu.

Zorro est arrivé, sans se presser, d'une démarche souple, après que Ginette Danville ait ouvert la porte. Il ronronne en se frottant contre elle pour se faire gâter. La femme, ne sachant quelle attitude adopter, m'interpelle du regard, attendant un signe favorable qui l'autoriserait à répondre au désir du chat. J'acquiesce de la tête... je ne suis pas chien.

Après avoir rempli la gamelle de Zorro pour la dernière fois, avant que je le ramène chez sa propriétaire, Madame Lecloac, Ginette Danville me propose une tasse de café que je refuse. Par contre, je demande un récipient pour y verser de l'eau de ma bouteille de *Contrex*... ça lui évitera de me fournir une explication sur sa conduite.

Une fois le verre lampé, je comprends la raison de l'acte abominable perpétré par Ginette Danville : elle a enlevé Zorro afin de mettre un terme à ses crises de larmes; le chat ne possède-t-il pas la vertu d'être un « bouffeur de chagrins» ?

« Et maintenant, Monsieur Garfield... je présume que vous allez me livrer à la police pour qu'elle me jette en prison ? demande-t-elle d'une voix blanche.

— Étant donné les circonstances et vu le bon traitement dont a bénéficié Zorro, je n'en ferai rien...

— Oh, merci, merci beaucoup... et... pour Pacha, comptez-vous poursuivre les recherches ?

— Bien entendu...

— En attendant son retour... que me conseillez-vous ?...

— De vous méfier des buveurs d'eau ! »

Quand je sors de chez Ginette Danville, it's raining cats and dogs.

CIRCONSTANCES ATTÉNUANTES

« Les mains en l'air ! Ceci est un hold-up ! » gueulai-je en pénétrant dans la librairie Dumoulin. Les statistiques le révèlent, un calibre 7,65 bien serré dans la paluche, ça vous confère une autorité sans partage sur votre auditoire. Même si celui-ci n'apprécie guère votre démarche, il obéit à vos moindres désirs... enfin, il devrait...

Car pour moi, il était écrit : journée merdique. Je tombe sur une clientèle réfractaire à l'attitude qu'il convient d'adopter lorsqu'on est victime d'une attaque à main armée.

C'est la vieille qui ouvre les hostilités. Marmonnant entre deux chicots, elle râle sec parce que mon irruption sauvage et soudaine risque de lui faire louper son tram.

Je la remets sur les rails du savoir-vivre en l'invitant poliment, mais fermement, à attendre le prochain. Il en passe un tous les quarts d'heure. De la patience, que diable. Je me doute bien qu'elle n'a plus toute la vie devant elle, mais quinze minutes, ce n'est pas l'éternité...

Ensuite l'autre prend le relais. Une grosse rouquine évaporée. Elle est flanquée d'un hippie du type grand échalas éthéré. Leurs tee-shirts plutôt crades m'inclinent à penser qu'ils appartiennent à une branche dissidente de *Lavez Krichna*.

« Cher Monsieur, vous me semblez fort tendu. Vos traits sont tirés », articule-t-elle, la bouche en cul de poule.

Forcément que mes traits sont tirés... je me suis enfilé la tête dans un bas nylon !

Face à cette agressivité verbale, il ne faut pas que je me laisse désarçonner.

Ce serait trop con que ces trois tordus foutent tout en l'air. Merde ! Pour réaliser ce braquage, je me suis quand même tapé une sérieuse étude de marché dans le quartier. Il en est ressorti que la librairie Dumoulin était un commerce florissant. Une affaire juteuse, comme on dit dans le milieu. Je dois montrer qui est le maître, sinon...

Je contourne le comptoir et appuie le canon de mon arme sur la tempe du libraire qui, de son énorme bide, protège le tiroir-caisse. Menaçant, je lui intime l'ordre de vider le contenu de la tirelire dans le sac de voyage que je lui flanque sans ménagement dans les paluches.

« Pas d'entourloupe... j'ai la gâchette facile » éructai-je.

Le mastodonte s'exécute en jetant un regard boudeur vers l'assemblée. De ses belles mirettes, la compagne du pachyderme, figée près d'un tourniquet, me lance des missiles. Sûr que pour l'heure, elle réclamerait le rétablissement de la peine de mort pour les malfrats de mon espèce.

Quand le gravosse eut transvasé la recette de la journée jusqu'au dernier franc, j'exige de recevoir tous les billets de loterie dont le résultat du grattage me permettra, éventuellement, d'arrondir mon bouquet. Je ne veux rien laisser au hasard ; même s'il fait souvent bien les choses...

« Permettez, mais dans votre précipitation, vous omettez un détail important... » C'est Poil de Carotte qui reprend la parole. Elle commence à me courir sur le haricot, la gonzesse.

« Quoi ? hurlai-je.

— Vous avez oublié de verrouiller la porte... si d'autres clients arrivent... »

De quoi je me mêle ! Elle ne va pas m'apprendre mon métier. Faut surtout pas forcer la curiosité malsaine du passant en fermant le magasin à une heure indue... et puis, le sac est rempli, je songe déjà à me barrer.

Soudain, la sirène d'une voiture de police retentit.

« Ah, il y a quand même une justice, chevrote la vioque.

— Si ça tourne au vinaigre, je flingue la mémé » criai-je. J'ôte le bas qui me donne un mauvais genre et qui me singularise parmi ces caves.

La bagnole s'arrête devant la boutique. Un flic rondouillard en descend. Il éponge sa face ronde comme la lune à l'aide d'un mouchoir défraîchi. Il entre dans la librairie.

J'ai le temps de me planter derrière l'ancêtre, le pétard coincé au creux de ses reins, prêt à balancer la purée si les circonstances m'y obligent.

Le pandore, rigolard, se met à vanter la toute-puissance du gyrophare quand il s'agit de fendre la circulation pour aller s'approvisionner en clopes. Au moment où il va se casser, la momie effectue son numéro. Raide comme un col amidonné, elle s'écroule d'une pièce. Avant d'écraser sa vieille carcasse sur le sol, elle heurte de plein fouet le tourniquet. Ses deux héroïques ratiches se font la malle pour échouer tristement sur la couverture du dernier *Paris-Match*.

Le poids de l'émotion et le choc des mots ont eu raison de sa résistance. Sans compter qu'il y avait des siècles qu'on ne lui avait plus caressé le bas du dos avec un objet contondant.

L'agent se retrouve au bout du canon de mon flingue. Il me fixe, les yeux écarquillés. Je pense qu'il m'avait à la bonne. Dommage, il doit être déçu.

« Qu'est-ce que... » bafouille-t-il. Tension extrême et instant choisi par le boudin pour reprendre le crachoir :

« On ne va pas la laisser comme ça, sans faire quelque chose... cette dame a besoin d'une aide immédiate... »

Pas d'affolement. Une décision fissa s'impose qui ne doit pas me faire perdre les bénefs de ma mauvaise action.

« O.K., appelez une ambulance. Mais, attention, je vous tiens à l'œil, dis-je, magnanime.

— En attendant, il serait souhaitable de pratiquer le bouche à bouche pour tenter de la ranimer », poursuit, infatigable, l'écureuil.

Heureusement, vu ma position, je suis exempté de ce pénible exercice. L'emmerdeuse se désigne volontaire. Elle refile quelques patins à «gencives de velours» qui renaît bientôt à la vie.

« Mon collègue va finir par s'inquiéter » risque alors, timidement, le poulaga, tentant de me déstabiliser à son tour. Bon sang, j'avais oublié que les lardus fonctionnent toujours par deux, comme le choléra et la diarrhée. Il faut absolument que l'autre cow-boy soit maté avant qu'il ne déclenche l'alerte au commissariat.

« Appelle-le... fais gaffe... je t'ai dans ma ligne de mire... »

C'est inespéré. L'évolution de la situation joue en ma faveur. Je dispose les pions à ma guise au fur et à mesure de leur entrée en scène. Jugez plutôt : sous prétexte qu'une cliente s'est pris une gamelle dans le magasin, les flics en interdisent l'accès aux badauds, tant que le corps n'est pas évacué.

L'ambulance va rappliquer d'un instant à l'autre. Le gros tas, qui ne s'est pas départi de son air boudeur, a téléphoné à l'hosto. Sa femme me menace toujours de ses lance-roquettes, croyant, peut-être, m'impres-sionner. Elle se fourre le doigt dans l'œil, ça doit faire un beau télescopage, je ne vais pas restituer un bien mal acquis au prix de mille dangers. Mais, je ne crie pas victoire, va falloir bientôt négocier avec les brancardiers.

« De l'eau, il me faudrait un peu d'eau pour la rafraîchir... » Voilà mère courage qui remet le couvert.

« Est-ce vraiment nécessaire ? questionnai-je, énervé.

— Indispensable, si vous ne voulez pas aggraver votre cas avec une morte sur les bras... je ne parle même pas de conscience... je doute que vous en possédiez une. Je me trompe ?

— Hum !... » J'avise le hippie qui, jusqu'à présent, n'a pipé mot et joue les seconds couteaux.

« Eh, toi, le mérinos, je te donne une minute, pas davantage, pour ramener de la flotte. Compris ? Passé ce délai, si tu ne t'es pas radiné, je fais sauter le caisson de ta meuf, tu piges ?... »

Du menton, l'hippopotame, toujours scotché derrière son comptoir, indique le chemin de la cuisine. Le silencieux s'y engage.

« Soyez plus doux avec ce jeune homme. Il souffre d'un blocage provoqué par un terrible accident. Contrairement à votre assertion, je ne suis pas sa meuf, mais sa psy. A la demande de ses parents, je le suis et tente de lui redonner confiance en ses moyens par le recouvrement de la parole. Vous ne me facilitez pas la tâche avec votre muflerie. »

Une psy ! J'aurais dû le subodorer. Attends voir ma cocotte, je vais lui faire retrouver l'usage de la parole, moi. Tu vas même l'entendre gueuler quand je le choisirai comme otage.

La source de la jactance de l'hypothético déductive est loin d'être tarie.

« Je pense bien cerner votre personnage à présent. De cette douloureuse étude, je déduis que je puis vous être d'une aide appréciable.

— Ah oui ?... En la bouclant, par exemple ? »

Cet affrontement à la frime tourne court. L'arrivée de l'ambulance signe son épilogue. Entre-temps, la carpe s'est ramenée avec son eau.

Les poulets accueillent les infirmiers qui installent illico l'agonisante sur la civière.

Plongés dans leur besogne, les sauveteurs ne se rendent pas compte qu'ils évoluent au cœur d'un drame. Les flicards se montrent discrets. D'accord, ils n'ont pas le choix, mais le fait est rare, autant le souligner.

Je fais prendre conscience de la sinistre réalité aux nouveaux arrivants en leur braquant mon joujou sous le pif.

« Mais que... si... si... gni... gni... fie ?... bégaie un petit, gras comme un moine.

— ... Que ton pote et toi, allez exécuter mes desiderata au pied de la lettre, mon gros lapin, répondis-je, les mâchoires serrées.

— Le moment est mal choisi, vous voyez bien que cette personne doit être conduite en urgence à l'hôpital, revenez donc demain » décrète péremptoirement son collègue, un géant.

Quoi ?... Cette grande saucisse pense que je bluffe ? Mais qu'ont donc tous ces mirontons à être si arrogants aujourd'hui ? Ils faussent les règles du jeu. Les aiguilles s'affolent, il est temps de remettre les montres à l'heure.

« Suffit ! Vous allez emmener la vieille et, moi, je vous accompagne avec le grand flandrin. A partir de maintenant, je ne tolère plus la moindre contestation.

— Pas si vite, mon cher ! » La folle dingue entre à nouveau en piste.

« ... Ce jeune homme n'est pas en état de subir une telle pression. Choisissez quelqu'un d'autre... moi, par exemple !

— Ah, ça, JAMAIS ! vociférai-je.

— Si je peux en placer une... fait « Face de lune ».

— Ouais, mais vite...

— ... il y a un début d'attroupement dans la rue. Cela risque de dégénérer, voire, de se terminer en bain de sang. Si chacun pouvait faire preuve de bonne volonté... alors, prenez votre otage et disparaissez, mon vieux. Cette comédie a trop duré. De toute façon, nous finirons par vous mettre le grappin dessus.

— Et ma recette ?... Qui ?... lâche laconiquement le libraire.

— Si vous êtes bien assuré, cela ne posera aucun problème », interrompt l'autre poulet.

Un sourire décrispe le faciès de l'adipeux. Gloussant discrètement, sa dulcinée baisse les paupières. Elle met un terme à sa guerre oculaire.

Je chatouille ensuite les omoplates de l'ébouriffé au moyen de mon outil de travail, lui signifiant ainsi qu'il n'a pas intérêt à faire le mariole.

« Brute ! Sans cœur ! crie l'accoucheuse des âmes.

— Ta gueule ! » ripostai-je du tac au tac.

Tout le monde est prêt pour le départ de la procession. Elle peut se mettre en branle. Les ambulanciers soulèvent le brancard et provoquent aussitôt un tangage qui déporte le corps de la vioque d'une extrémité à l'autre de la civière. La bouille de mémé vire au vert-de-gris. Le mal de mer probablement.

Faut dire qu'ils ont veillé à ne pas trop serrer les sangles pour éviter de réduire ses vieux os en petits morceaux. Le but est de l'amener entière à destination. Ce sera plus commode pour la requinquer.

On avance, peinards, lorsque, brusquement, comme ça, sans prévenir, le psychanalysé se met à parler. Certes, il n'entame pas un discours, il émet simplement le désir de pisser. L'assistance est déconcertée. J'en baisse ma garde. Erreur fatale. La rouquine en profite pour me sauter au cou sans retenue afin de me congratuler.

Tel un bon saint-bernard, heureux de retrouver son maître coincé dans une avalanche en haute montagne, elle me couvre de baisers et me félicite d'avoir provoqué, chez son patient, le choc psychologique tant recherché.

Plaqué au sol comme un joueur de rugby, je comprends que je ne transformerai jamais mon essai. Dans la bousculade, mon pétard chute sur les dalles et glisse sous le comptoir.

Opportuniste en diable, «face de lune» se précipite, ordonne à la cinglée de se tirer pour se substituer à elle. Desserrant l'étreinte, il m'oblige alors à me coucher sur le ventre pour que son collègue puisse me passer les menottes.

« Je vous l'avais prédit » brame-t-il.

Voilà, Monsieur le commissaire. Je vous ai narré ce triste échec par le menu.

Dès lors, j'ose faire appel à votre mansuétude. Dans le rapport que vous établirez, je formule le souhait que vous n'omettiez pas de souligner ma grande humanité envers une personne âgée ainsi que ma patience vis-à-vis d'une vicelarde.

Eu égard à ces attitudes positives, auxquelles s'ajoute une incroyable scoumoune, ce serait chouette de passer la main en admettant, à mon profit, un pacson de circonstances atténuantes...

CHER VIEUX PIRATE...

Cher vieux pirate,

19, Rue de la Tulipe ! Drôle d'adresse. Je t'imaginais plutôt réceptionnant cette lettre paresseusement installé dans un hamac bien tendu entre deux cocotiers. Tu sais, sur une de ces îles de rêve dont tu me parlais, la tête dans les nuages mais les yeux dans la bière, affalé sur un banc vermoulu de « La Frégate », une de nos escales du samedi soir.

Tu ne peux avoir banni de ta mémoire ces trois années explosives qui nous ont vus ramer pour décrocher notre diplôme du secondaire supérieur.

En ce qui me concerne, j'étais sage, du moins le crustacé-je, et naviguais en bon skipper sur une eau douce, évitant les remous afin d'emmagasiner suffisamment de savoir dans mon barda pour affronter un avenir bleu de mer.

Toi, tu avais déjà pas mal bourlingué sur des eaux houleuses te heurtant quelquefois aux bancs de sable, avant de jeter l'ancre dans cet athénée du centre de la ville.

C'est bien connu, les extrêmes s'attirent. Dès lors, le courant passait entre nous durant cette époque insouciante jetée comme une passerelle entre l'adolescence et l'âge déraison.

Ah, les innombrables heures de cours séchées à la gueuze « mort subite », divin breuvage qui nous aidait à soutenir le rythme effréné des parties de billard jouées au « Poséidon » en compagnie de poissons, parfois, peu fréquentables.

Après une telle débauche d'efforts, on regagnait le bahut en évitant de tanguer pour ne pas attirer l'attention d'un de ces crabes de pions. Si nous tombions dans leurs filets, une imagination débridée, liée à l'état d'euphorie, nous permettait de ne pas trop nous empêtrer dans les mailles.

L'imagination au pouvoir ! Eh oui, vieux pirate, Mai 68 était proche. La révolution de Mai 68 qui prônait une société plus juste et un enseignement mieux adapté aux réalités quotidiennes.

Par-dessus bord l'école de papa ! À la flotte ! Tout allait changer sauf les maths... difficile d'admettre que « un + un » ne fassent plus deux. Quoique, un peu plus tard, le rénové y arriva presque... bien avant une grande surface qui, dans un spot publicitaire, nous certifie qu'un et un font trois...

Je pense que notre aversion éprouvée à l'égard de cette science exacte qu'est la mathématique, galion inexpugnable, date de cette période. Dame, quand on aime la vie, on ne compte pas les moments consacrés à la gaudriole.

Souviens-toi encore, marin d'eau pas très douce, de nos virées nocturnes dans le vieux port, à quelque cent kilomètres de notre point d'ancrage. Le lever du soleil sur la mer calme contrastait avec la fureur d'une nuit agitée.

Et les filles ? Tu les qualifiais d'adjectifs outranciers, mais ne pouvais t'en passer. Opérant un sérieux écrémage, tu me refilais les bons coups. Partage de frères oblige.

Une exception cependant : les sœurs Grössler... qui ont dû inspirer Herman Melville pour son roman, Moby Dick...

Les sœurs Grössler ! Une sacrée paire de jumelles qui répondait toujours présente quand il s'agissait de monter sur le pont pour donner un solide coup de gouvernail. Les cours de physique et de chimie ne détenaient aucun secret pour ces plantureuses créatures. Cétacé normalement qu'une drague intéressée nous permit de terminer nos humanités plus qu'honorablement.

Nous larguâmes ensuite les amarres. Ingratitude ? Goujaterie ? Pardi, les baleines sont plus agréables à contempler dans les reportages du commandant Cousteau...

L'université, pieuvre aux mille tentacules transformée en autant d'options liées à de brillantes carrières, nous happa de ses ventouses. Le destin plaça sur notre voie un fameux écueil qui revêtait l'apparence d'une splendide sirène aux yeux verts. Adieu chères études.

Elle s'appelait Pénélope. Pour conquérir son cœur, nous étions prêts à parcourir la Carte du Tendre et nous livrer un duel sans pitié. Nous n'en eûmes pas l'occasion, car tu devins vite son Ulysse.

J'en éprouvai une peine immense dont les stigmates sont encore visibles aujourd'hui. Mais je ne m'octroyais pas le droit de nager à contre-courant de sa décision. Puisses-tu avoir apporté à cette douce nymphe tout le bonheur qu'elle était en droit d'attendre.

Avant de conclure, je me rends compte que j'ai omis de te dire que c'est grâce à Jean-Michel que j'ai retrouvé ta trace. Tu le situes ? Avec son profil d'espadon et son allure maniérée, tu le surnommais « le phoque ». Otarie souvent de lui.

Cette rencontre du troisième type, dans une grande surface où nous croisâmes le caddie, permit d'égrener le chapelet d'agréables souvenirs.

Figure-toi qu'il a l'intention d'organiser une soirée de retrouvailles placée sous le thème de la mer, d'où le thon de cette bafouille. Sympa, non ? Il n'a pas oublié notre passion commune...

Sur ce, vieux pirate, je formule le vœu que ces quelques lignes trouvent un écho favorable et ne se perdent pas dans les abysses de ton indifférence.

Amitiés océaniques.

Jean-Luc

Je ferme l'enveloppe et, pensif, reste prostré, les mains à plat sur le bureau. Allongée sur le canapé, elle dort à poings fermés. Je serre très fort les miens. Débarquant chez moi la veille au soir, épuisée et désorientée, elle m'a demandé de l'héberger, ne sachant où aller. Son arrivée inopinée a provoqué en moi un tel roulis que ma raison a éprouvé beaucoup de mal à garder le cap.

Sa peau cuivrée, caressée par tous les vents de la planète, accentue la luminosité incandescente de ses yeux couleur algue. Son port de reine et son corps de tanagra ont rallumé en moi la passion ressentie bien des années auparavant et que je n'avais jamais pu... ou voulu chasser de ma mémoire.

Elle m'a raconté les souffrances endurées durant tout ce temps en compagnie de Jean-Claude.

Dors ma douce Pénélope. Dors ma bien-aimée. Je m'occupe de toi à présent.

Je pars poster ma lettre. Nous sommes lundi.

Vendredi. Le facteur m'apporte un recommandé. La réponse de Jean-Claude... Pénélope a profité de cette journée ensoleillée pour aller se promener en ville. J'ouvre l'enveloppe, impatient.

Salut vieux corsaire,

Ta missive m'est allée droit au cœur. Pénélope et moi t'avions laissé en rade sur le quai du désespoir, ne sachant plus à quel esquif te raccrocher. Nous ne songions qu'à protéger, en amoureux égoïstes, un bonheur tout neuf. Depuis, l'eau a coulé sous les ponts. Je vis seul aujourd'hui. Elle m'a quitté. Je ne sais même pas où elle se terre. À vrai dire, je m'en moque comme un poisson d'une pomme, mais je te raconte par le menu :

Les premiers émois passés, la brave fille s'est vite rendu compte que ma soif inextinguible d'aventures n'était pas étanchée. Je ne me sentais nulle envie d'atteindre l'embarcadère qui m'aurait condamné à vivre dans une boîte comme une vulgaire sardine. Pas question de boire la tasse dans le Détroit de Bosse fort. L'air du large, hymne à la liberté, est la seule musique qui trouve grâce à mes oreilles. Je ne t'apprends rien.

Évidemment, cette vie hasardeuse n'allait pas sans comporter quelques risques. Je les prenais, ne songeant guère aux conséquences. Pratiquant, à l'aise, tous les métiers du monde, sauf le plus vieux, j'ai, entre autres, monté une affaire de tourisme en retapant deux rafiots. Grugée par de peu scrupuleux bailleurs de fonds, véritables requins, mon entreprise a coulé à pic, m'obligeant à prendre le maquis afin d'échapper à de vilains créanciers.

Planqué dans la vase d'une grande métropole, naguère sous l'obédience du Royaume-Uni, je suis devenu maquereau, forçant ainsi Pénélope à me tirer d'embarras par la magie de ses merveilleux appâts. Recherchés par la police, véritable sangsue, nous nous sommes *planqués de sampans en sampans, risquant à plusieurs reprises de nous faire mettre le grappin dessus.*

    Je te fais grâce du détail des péripéties qui nous ont permis d'atteindre la Tunisie où Pénélope se refit une virginité, tandis que moi, je trouvais un job comme G.O. au club Méditerranée.

    Là, j'ai mené une vie de pêcheur, tendant mes filets pour consommer les beaux coquillages qui s'y échouaient. Fallait bien me dégourdir le cabestan car les relations avec ma compagne frôlaient le point mort. Elles chavirèrent bientôt quand la traîtresse me fila entre les doigts comme une anguille bien qu'elle ait promis de me suivre jusqu'au bout de la jetée. Un matin, alors que je réintégrais le logis après une nuit de bamboche, Pénélope s'était fait la malle, sans me laisser un mot d'adieu.

    Je parvins à mettre de l'argent de côté pour rentrer au pays où je ne désire pas m'attarder. Le récent décès de ma mère permettra de me renflouer avec la vente de la pharmacie parentale.

    Ma passion pour l'eau étant restée intacte, je me suis inscrit dans un cercle de plongée sous-marine et compte prendre la température de l'Océan Indien. J'irai ensuite m'installer du côté de Melbourne ou de Sydney afin de lancer un commerce d'ustensiles pour bateaux de pêche. Les expériences malheureuses m'ont appris beau-

coup de choses. Crois-moi, matelot, je possède aujourd'hui des dents de requin bien acérées.

Au fait, moussaillon, j'y pense, si aucune attache ne t'entrave et si tu as gardé le pied marin comme me le laisse supposer ta lettre, que dirais-tu de te lancer dans cette nouvelle aventure avec un vieux complice ?

Ne m'écris plus, mais si ma démarche te séduit, sois présent au rendez-vous que je te fixe, le 24 août au « Lagon Bleu ».

Tu trouveras les coordonnées de ce bistrot dans l'annuaire.

Alors, see you later alligator ?

Vigoureux coups de nageoire.

Jean-Claude

Je glisse la lettre dans ma poche. Le récit de Pénélope coïncide avec les écrits de cette crapule. Tiens, au fait, il n'y a aucune allusion à l'invitation de Jean-Michel. De toute manière, elle est bidon. Juste un prétexte pour l'attirer. En définitive, c'est lui qui propose une rencontre. Cocasse... si on veut...

J'entoure d'un cercle rouge la date du 24 août à côté de laquelle, j'inscris « Lagon Bleu ».

À son retour, Pénélope m'annonce, radieuse, qu'elle vient de trouver du travail en contactant une agence de placements intérimaires.

Pour fêter l'événement, nous décidons d'aller dîner au restaurant.

Je sais que ces heures d'intense félicité en sa compagnie sont désormais comptées. Dès son arrivée, elle m'a fait comprendre que je ne pouvais formuler des espoirs de vie commune. La situation est donc claire entre nous, seule une indéfectible amitié nous unit. Pénélope refera un jour sa vie mais sans moi. Aujourd'hui, pas plus qu'hier, je ne m'octroie le droit de nager à contre-courant de sa décision... ni de celle que j'ai prise : je me rendrai au rendez-vous fixé par ce vieux flibustier, muni d'un harpon... arme nécessaire pour tuer un requin !

LE SCOOP

Depuis que le championnat de capture de grillons s'est mondialisé, des valeurs extra sportives tentent de coloniser un milieu très exigeant, réclamant ouïe fine et patience. Si de nombreux concurrents participent à cette joute à titre individuel, d'autres préfèrent se fondre au sein d'une équipe sponsorisée qui les transforme en véritables hommes-sandwichs.

Ils étaient donc une centaine, venus des quatre coins du globe, pour s'affronter, en ce beau dimanche d'été, sur le magnifique pré du château de Montretout, situé dans le sud-ouest de la France.

Seule ombre (bienfaitrice, tant le soleil inondait généreusement la région) à ce tableau champêtre : l'élimination de la formation japonaise FUJI, la célèbre marque d'appareils photographiques qui avait délégué le jeune espoir Tavumafoto et le gros Kong.

Arrivés sur place une semaine avant l'épreuve, les Japonais sélectionnés avaient profité de ces quelques moments de liberté pour sillonner la région et, suivant une vieille habitude, prendre de nombreuses photos.

Clichés fatals, puisqu'au jour J, harassés, les hommes du soleil levant ne se réveillèrent que longtemps après le lever du soleil. Un Pearl Harbor qui signifiait leur éviction pure et simple du championnat.

Peuchère, là-bas, on ne badine pas avec le règlement. L'heure c'est l'heure ! Et tant pis pour les vaines tentatives d'explications, nipponnes ni mauvaises, de nos malheureux candidats. Ils se heurtèrent à un mur d'inflexibilité dressé par les organisateurs.

Revenons-en à la compétition. C'est à l'oreille qu'un bon capteur localise l'insecte lorsqu'il grésille et découvre sa cachette dont l'orifice n'est pas plus gros qu'un dé à coudre.

Accroupi au-dessus du trou, le concurrent, qui trouve manifestement son bonheur dans le pré (et non dans le prêt comme dirait mon banquier) doit capturer un maximum de grillons en moins d'une demi-heure à l'aide d'une paille en les titillant dans leurs galeries. Ce jeu d'adresse donne lieu à des situations cocasses. Par exemple, Abdel Mieuzaffir, un des favoris, s'est arrêté à différentes reprises pour cause de... prières ! Ces interruptions religieuses sonneront « l'Allahli » pour notre sympathique Algérien. Il laissera ainsi filer la victoire au ténébreux Pablo Tequila, un homme qui ne manque pas de sel et auquel la presse décerne régulièrement le prix citron.

Cette paille d'or 1963 sacre ainsi un authentique champion ayant réussi à déloger trois grillons en 22 minutes et 38 secondes.

Lors de la conférence de presse (il n'en donne qu'en cas de victoire) que le Mexicain accorda dans l'enceinte même du château, notre volubile vainqueur (il ne l'est que dans le succès) annonça tout de go qu'il avait la ferme intention d'améliorer un autre de ses records.

L'an passé, en effet, le sombre héros réussissait un exploit peu banal. Au pied d'un immeuble de Boston, haut de 60 étages et de 240 mètres, la tête en arrière et la bouche ouverte, il tentait de happer des grains de raisin qui pleuvaient autour de lui à une vitesse avoisinant les 180 km/h. Certains ricochaient sur la façade. D'autres s'écrasaient sur le sol. Ce n'est qu'au 70ième essai que Tequila parvenait à happer un grain devant une foule en délire.

Par la même occasion, il supprimait des tablettes un précédent record qui l'avait vu se livrer à un exercice identique au bas d'un immeuble japonais de 200 mètres.

Notre champion nous fixe d'ores et déjà rendez-vous à l'automne prochain à l'ombre de l'Empire State building. Il devrait vraisemblablement y retrouver le gros Kong encore marri de sa mésaventure française.

Benoît Barmont.

« Tu parles d'un exploit, je me demande s'il ne réside pas dans un exercice de style qui consiste à décrire, en tant de lignes, des événements ne méritant pas davantage qu'un entrefilet. Sans parler du stress inhérent à la recherche constante d'aussi palpitantes informations... »

L'homme repousse délicatement son Olivetti, s'étire, se lève et se ressert une tasse de café bien fort. Un petit coup d'œil jeté à travers une vitre embuée lui confirme la persistance d'une grisaille monotone. De quoi attraper le spleen de Paris, comme Baudelaire.

« Parfait, ainsi je n'aurai nulle envie d'aller flâner. Du reste, j'ai encore deux piges passionnantes sur le feu. L'une traite, par le menu, du pèlerinage courageux et vain à Lourdes d'un nain paraplégique, le jour de l'Assomption. L'autre, de l'aménagement, par Monsieur le Comte de Hautrècourt lui-même, de « l'énôôôrme » jardin qui entoure le château familial où le malheureux s'échine à planter des sapins blancs du Colorado, des érables du Canada et des cèdres du Liban. Le patron aurait pu dépêcher Raymond Bristolle, le rédacteur attitré des carnets mondains. Mais non, quand il n'y a ni caviar, ni champagne, ni petits fours à la clé, Monsieur Raymond ne doit pas répondre présent. Tu penses, le spectacle d'une particule jouant au jardinier, ce n'est pas sa tasse de thé. En grand manitou, le père Henry a décrété, une fois pour toutes, que si le journal tenait la route, c'est parce qu'il avait bien placé ses pièces sur l'échiquier de la réussite. Mon unique mission consiste à noircir la page 24 consacrée au temps libre et à l'actualité insolite, point à la ligne !

Alors, je rêve. Je rêve encore et toujours de voyages lointains qui me permettraient de narrer sur trois colonnes, la vie telle qu'on la mène à l'autre bout de la planète ou de relater dans les moindres détails un conflit qui risquerait de bouleverser l'équilibre du monde. Mais à l'instar de mes collègues, je suis étiqueté. Le chef ne déroge pas à cette règle : on ne mélange pas les stylos ! Le convaincre de changer d'avis ? Autant demander à un amnésique d'écrire ses mémoires ou inciter un membre de l'association « Laissez-nous nos pattes » de manger des cuisses de grenouille...

Je persiste cependant à croire qu'il suffirait de presque rien pour bouleverser une carrière qui stagne. Tiens, en juin dernier par exemple : pour célébrer leur première année d'existence, les fondateurs de *Salut les copains* organisaient un formidable spectacle sur la place de la Nation. Plus de 100.000 jeunes répondaient à l'appel ! Les idoles qui arrivaient jusqu'au podium en panier à salade, les jeunes escaladant les arbres et les balcons pour mieux les apercevoir, les voitures renversées, un service d'ordre complètement débordé. On était loin du cadre d'une gentille soirée musicale. Le lendemain, le Général avait eu des paroles méprisantes : ces jeunes ont de l'énergie à revendre, qu'on leur fasse construire des routes ! J'avais été pressenti pour couvrir l'événement.

En dernière minute, devant l'ampleur de la manifestation, Monsieur Henry m'a préféré Emile Turbin, le spécialiste maison des faits de société. Il a du flair, Monsieur le Directeur de la rédaction...

J'arrête ici mes doléances. On pourrait me confondre avec un aigri. En attendant, dix ans de journalisme pour en arriver là, il n'y a vraiment aucune raison de pavoiser. Ah, prendre un peu de recul... respirer sous d'autres latitudes... loin... très loin de Paris... mais, au fait, j'y pense... »

Son visage se détend. Benoît se dirige alors vers un vieux secrétaire qu'il ouvre précautionneusement. Il en sort un paquet de lettres compactes retenues par un gros élastique. Le journaliste fait glisser la première enveloppe dont il extrait le contenu. Une feuille de papier à carreaux pliée en quatre. Il en connaît la teneur par cœur :

Dear friend,

J'espère que ma missive te trouvera O.K. Que dirais-tu de venir me dire un petit bonjour durant la deuxième quinzaine du mois ? Je t'invite. Crois-moi, au Texas, il y a encore de beaux jours en novembre. Le président lance sa nouvelle campagne électorale chez nous. Nous irons le saluer sur son parcours.

Je compte sur toi, amigo ! So long.

John Hammerick

Sacré John ! Un cas, une nature ! Toujours à la recherche du scoop pour décrocher le prix Pulitzer. Je l'ai connu, il y a un peu plus de deux ans, à l'occasion du premier Festival international du Rock'n Roll qui s'est tenu au Palais des Sports, porte de Versailles. J'étais là en spectateur. John voulait constater de visu comment cette musique, typiquement yankee, allait être reçue chez nous.

Depuis, une indéfectible amitié nous unit. Ma décision est prise; demain, je pose mon congé et j'envoie un télégramme à John pour l'avertir de mon arrivée.

Benoît Barmont est secoué d'un rire nerveux.

« Le Texas ! Il existe des coins moins attrayants. Dans le bar, il doit traîner une bouteille de Jack Daniels. Je vais lui faire un sort, histoire de me mettre déjà dans l'ambiance. »

Planté devant la fenêtre, le journaliste contemple, rêveur, les toits mouillés surmontés, pour la plupart, d'antennes de télévision, étranges témoins des temps modernes.

« Quelques jours de détente, de visites, sans devoir rentrer un *papier* dans l'urgence. Le pied ! Attention, déformation professionnelle oblige, j'emmènerai dans mes bagages, un stylo et mon carnet de notes. Sait-on jamais, si John me propose d'aller assister à un rodéo... mouais, ça ne me changerait guère des vachettes d'Intervilles... »

Dallas, 22 novembre 1963

La Lincoln Continental bleue décapotable du Président Kennedy amorce le virage dans Elm Street. Elle passe devant le TEXAS SCHOOL BOOK DEPOSITORY où sont postés John Hammerick et Benoît Barmont pris sous le charme du beau sourire de Jackie.

Il est 12H29...

ERREUR SUR
LA PERSONNE

Docteur Illabondo,

J'ai bien reçu, par envoi postal, la bague aux vertus magiques que je vous avais commandée. Elle répond à mon attente. Je ne souffre plus d'arthrite depuis que je la porte. Malheureusement, j'ai contacté une étrange et douloureuse infection à la main gauche.

Mon médecin traitant ne parvient pas à déterminer l'origine du mal. Il n'exclut cependant pas le fait que la bague pourrait en être la cause. Il s'agirait, pour lui, d'une réaction allergique au métal.

J'ai essayé désespérément de vous joindre par téléphone. C'est la raison pour laquelle, je vous envoie ce pli recommandé.

Répondez-moi vite, Docteur, afin d'apaiser mon anxiété.

Bien à vous.

Rémy Fasilado

Monsieur Fasilado,

Je suis très peiné de ce qui vous arrive; toutefois, si je suis bien le docteur Illabondo, je n'ai rien à voir avec l'homme qui vous a envoyé cette bague. Il doit y avoir erreur sur la personne. Je suis médecin agréé et non vendeur de talismans ou autres amulettes. Il s'agit d'une méprise.

Je vous conseille d'actualiser votre carnet d'adresses.

Bien cordialement.

Primo Illabondo

P.S. : En qualité de praticien, je vous invite à suivre le conseil de votre médecin traitant.

Cher Docteur Illabondo,

Je suis très satisfaite, au-delà de toutes mes espérances, du collier indien que vous m'avez fait parvenir.

Joueuse invétérée, au grand désappointement de mes proches, j'ai pris soin de me l'attacher autour du cou avant de rentrer ma grille de loto. Grande fut ma surprise, lorsqu'au tirage du soir, j'ai constaté que les six numéros, que j'avais cochés, étaient sortis.

Je suis devenue riche, Docteur, et cela grâce à vous !

Dites-moi ce qui vous ferait plaisir. Si, si, je tiens absolument à récompenser mon bienfaiteur.

Chaleureuses amitiés.

Ella Labaraka

Docteur Illabondo,

Votre réponse me conforte dans l'idée que vous fuyez vos responsabilités. Je vous signale que ma main a tellement enflé, qu'il m'est devenu impossible d'ôter la bague. La gangrène s'est déclarée parce que j'ai trop tardé à me faire soigner, on parle d'amputation...

Je vous promets d'avoir bientôt des nouvelles de mon avocat...

Je ne vous salue pas, BANDIT, ES-CROC !

Rémy Fasilado

Très cher Docteur Illabondo,

Je ne trouve pas de mots suffisamment forts pour vous témoigner toute ma reconnaissance. Grâce à l'onguent miraculeux que vous m'avez concocté, j'ai repris goût à la vie. Je suis un autre homme. Vivre parmi mes semblables ne me terrorise plus.

Je ne détourne plus les yeux au moindre regard et ne me réfugie plus dans l'alcool lorsque surgit une difficulté. Je me suis même surpris à poser les yeux avec insistance sur la croupe de ma jeune collègue.

Mes relations avec mon père s'en sont trouvées améliorées. Le dialogue entre nous s'est rétabli.

Ma plus sincère considération.

Luc Thimoraie

Monsieur Fasilado,

Croyez que je compatis pleinement au malheur qui vous accable. J'imagine ce que la perte d'une main peut procurer comme douleur physique et mentale.

Cependant, je ne puis calmer mon indignation devant l'odieuse méprise dont je suis la victime.

Pour la énième fois, je vous le répète, Monsieur Fasilado, je suis un homme intègre qui tente d'exercer son métier du mieux qu'il peut !

Retrouvez votre bon sens et tâchez de mettre... la main sur le véritable responsable de votre mésaventure.

Salutations tout de même.

Primo Illabondo

Docteur Illabondo,

Puisqu'il faut vous appeler Docteur... sachez que j'ai pris connaissance de vos coordonnées en tombant fortuitement sur le journal intime de mon épouse.

Elle y note, avec beaucoup d'enthousiasme, la chance qui l'accompagne depuis l'acquisition de ce maudit collier indien. Elle est intimement persuadée que c'est grâce à lui qu'elle va toucher le jackpot au loto. Malheureusement, elle a égaré le bulletin gagnant.

Après de nombreuses et infructueuses recherches, de rage et de dépit, la pauvre femme a tenté de se suicider.

Je me rends, chaque jour, à son chevet, à l'hôpital de la Charité. Son état n'évolue guère et les médecins se montrent pessimistes...

Malgré son vice pour le jeu, c'est une femme formidable ! Mais, une telle considération ne peut que laisser indifférent une crapule de votre espèce. Aussi, je vous mets en garde : s'il devait lui arriver des bricoles, songez sérieusement à préparer votre testament...

A bientôt, DOCTEUR !

Grégoire Labaraka

Monsieur Labaraka,

J'en appelle à votre bon sens. Comment pouvez-vous imaginer, l'espace d'une seconde, que je suis responsable de ce qui arrive à votre épouse ? Comment donc pourrais-je vous faire comprendre que je n'ai rien à voir avec un tel commerce ?

Je préférerais me faire couper la main plutôt que de me laisser entraîner dans de telles escroqueries.

Je clame mon innocence bien haut et fort : JE NE SUIS PAS RESPONSABLE DE CE QUI ARRIVE À MADAME LABARAKA !

J'ignore totalement comment mes coordonnées figurent dans les documents de votre Dame, c'est une méprise.

La colère vous aveugle, cher Monsieur, reprenez-vous avant de commettre, peut-être, l'irréparable.

Croyez en l'assurance sincère de ma compassion.

Primo Illabondo

Monsieur Illabondo,

C'est volontairement que je n'emploie pas le terme Docteur. Je suis le père de Luc Thimoraie. Ce nom vous dit quelque chose ? Vous lui avez fabriqué un onguent qui devait le guérir de sa timidité maladive.

Au début, son comportement s'est sensiblement modifié. Luc a acquis, petit à petit, une assurance qui lui avait toujours fait cruellement défaut. Je pensais, naïvement, qu'en vous contactant, mon fils avait frappé à la bonne porte. Doucement mais sûrement, il se libérait de ses inhibitions. Hélas, il ne sera pas resté libre très longtemps. Il s'est fait arrêter après avoir braqué un bureau de poste, alors qu'il était recherché pour le viol de la fille de nos voisins.

S'il s'avère que votre prescription est la cause de ses mauvaises actions, ça ira mal pour votre matricule.

Je vous méprise momentanément (attitude à confirmer), Monsieur.

Colonel de l'Armée de Terre en retraite,

Honoré Thimoraie

Maître Théophile Anthropofilou, avocat

Docteur Illabondo,

En qualité de conseiller de la famille Fasilado, je suis mandaté par les proches de Monsieur Rémy Fasilado pour vous signifier une action en justice. J'ai d'ailleurs l'intention de requérir à votre égard un jugement exemplaire qui fera date dans les annales judiciaires.

Monsieur Rémy Fasilado est décédé peu de temps après son opération. La cause exacte reste à déterminer mais, après analyse, il appert que la bague, sensée le soulager, contenait un puissant analgésique diffusé dans l'organisme par de minuscules orifices.

Si l'expertise démontre la culpabilité de la bague aux vertus magiques, vous serez poursuivi pour : pratique illégale de la médecine, abus de confiance et homicide involontaire.

Dans votre intérêt, je ne peux que vous conseiller vivement de vous mettre en rapport avec un avocat, si vous n'en possédez pas encore.

Je vous prie d'agréer, Monsieur, l'assurance d'une maigrichonne considération.

Maître Théophile Anthropofilou

Au Marabout Kise Sisepa Seki Niolo,
Seki Niolo, Je suis dans les tracas jusqu'au cou. Vous m'aviez cependant certifié que,

grâce à votre magie, je pourrais me refaire une nouvelle vie, échappant ainsi à la police.

Au lieu de cela, me voilà accusé d'exercice illégal de la médecine, d'abus de confiance et d'homicide involontaire. Vous concéderez aisément que la pilule est dure à avaler...

Je vous avais pourtant parlé d'une rédemption sincère; après avoir supprimé des vies, je désirais en sauver. Résultat de votre travail : je me retrouve dans la peau d'un charlatan, empoisonneur de surcroît !

J'attends de votre part une solution rapide à mes problèmes, sinon je ferai de vous ma prochaine victime.

Primo Illabondo

Cher ami,

Tout d'abord, sache que Kise Sisepa Seki Niolo, le grand Marabout, est un authentique sorcier dont les succès, comme les feuilles mortes, se ramassent à la pelle. Ensuite, mon Dieu, quelle colère, mais surtout, quelle ingratitude ! Quand je pense que je t'ai ouvert ma porte et t'ai caché pour que la police, qui cernait les environs, ne te mette pas la main dessus...

Tout juste après ton arrivée, Primo Illabondo, mon voisin de palier, est mort. Coup de pot, il épousait le profil de ton désir que Kise a eu la gentillesse de bien vouloir combler.

J'ai commencé par avoir le réflexe de conserver son esprit avant de t'hypnotiser pour transférer l'âme du défunt dans ton corps puis, Kise s'est débarrassé de la dépouille d'Illabondo en la jetant du toit. Vous aviez la même taille et comme son visage a été réduit en bouillie lors de son atterrissage sur le pavé, la police a pensé que le gisant c'était toi, méconnaissable sur un corps démantibulé, vidé de sa substance spirituelle. Il y avait une cohue indescriptible en bas. Trop contents de mettre fin à une cavale qui durait depuis des mois, les flics ont considéré l'affaire comme terminée. Dorénavant, tu ne pouvais plus nuire à quiconque et... à l'insu de tous, tu pouvais commencer ta nouvelle vie... dans la peau de Primo Illabondo ! L'essentiel était donc atteint.

N'était-ce pas ce que tu voulais : aider les autres plutôt que les détruire ? J'ai peut-être oublié de te le préciser, aussi, je m'empresse de le faire aujourd'hui au moyen de cette lettre, Primo Illabondo était docteur, certes, mais pas n'importe lequel : docteur en sciences occultes, vendeur d'amulettes et... schizophrène ! Ah ! Ah ! Ah ! Je t'ai bien eu, ASSASSIN !

Kise Sisepa Seki Niolo

DRÔLE D'OISEAU

Dès sa naissance, Adhémar Legain fut assuré de son avenir. Son pain était donc cuit étant entendu qu'il devait prendre la suite et le commerce de son croque-mort de père. Ce dernier seul parvint à tirer quelque chose de ce fils enchanté qu'on le laissât vivre à son gré, c'est-à-dire en maintenant son cerveau au repos complet tout en usant ses fonds de culottes dans l'unique école de la petite ville.

L'arithmétique l'épouvantait (« Au-delà de 3, ça commence à faire beaucoup » disait-il), l'histoire et la géographie le laissaient de glace; quant à la grammaire, il estimait en avoir fait le tour dès qu'il eut pris connaissance de la construction basique d'une phrase, à savoir : sujet + verbe + complément.

Lorsque sonna l'heure de la retraite pour son géniteur, Adhémar fut prêt à reprendre le flambeau. Libre comme l'air, notre homme ne voulait pas se lier à une compagne et avait, par conséquent, supprimé de son vocabulaire, assez restreint, le mot *procréation*. Les enfants le terrorisaient !

Il y pensait encore ce soir-là en regagnant ses pénates par une chaude soirée de juillet.

À la vesprée, il ferma son négoce, baissa les volets, se sustenta légèrement avant de prendre le chemin de la salle de cinéma de la petite ville. On y projetait, dans le cadre d'un festival « Rétrospective des Classiques français », un film curieux d'Henri-Georges Clouzot intitulé *Le Corbeau* avec Pierre Fresnay dans le rôle principal.

Au retour, tout en marchant, canne en main pour faire plus chic, Adhémar se remémorait certaines scènes du film. Cet exercice lui insuffla une idée folle qu'il creusa en s'esclaffant.

Le lendemain, il n'y pensait plus, quand les imprimés publicitaires recueillis dans sa boîte aux lettres lui rappelèrent l'idée oubliée.

Décidé à prendre un plaisir qu'il imagine déjà hilarant, Adhémar Legain dégage une table de tout ce qui l'encombre, aligne quelques feuilles de papier, blanches, une paire de ciseaux et un pot de colle. Il consulte ensuite son répertoire téléphonique, couchant une dizaine d'adresses sur l'une des feuilles.

Sa première victime, si l'on peut dire, est la grande Adrienne, quadragénaire, sèche comme un coup de trique, qui en voulait à tout le monde, surtout aux hommes. Hargneuse, caramélisée dans une virginité racornie, dépourvue de l'attrait fessier, chevaline et, de toute manière, repoussante à souhait.

Adhémar se gante de latex pour éviter les empreintes (sait-on jamais) et découpe les papiers de réclame afin d'en obtenir des lettres qui, mises en phrase et collées, composent une missive d'un amour passionné adressé à la rétive Adrienne.

Le deuxième nom qui apparaît est celui de l'énorme Zénon, le marchand de charbon qui a engraissé ses finances en facturant davantage qu'il ne fournissait, le pied sur la balance. Adhémar Legain menace le négociant de porter plainte, preuves à l'appui.

Pour la troisième figure de la liste, la capiteuse Linda qui couchait, découchait, recouchait avec une ferveur jamais démentie, et surtout en compagnie de tous les hommes de la petite ville, au nez et à la barbe de son encorné de mari, Adhémar envoie sa missive calomnieuse à la police. Erreur fatale !

En effet, en prenant connaissance du texte, l'inspecteur est perturbé par cette tournure de phrase : *Linda rejoint ses amants qui travaillent en courant.* Le policier s'en va trouver l'instituteur de la petite ville qui déclare :

« Le beau janotisme que voilà ! Je ne connais qu'une personne capable d'en pondre un pareil... »

Et il conclut :

« Ah ! Si Adhémar Legain avait fait preuve de la même imagination à l'école, il aurait fait florès... »

CARTON ROUGE
POUR UN TUEUR

Très énervé, Paul Lapaire empoigne la canette de bière, les yeux rivés sur le téléviseur à écran plat, format 16/9, technologie 100Hz, son nicam stéréo avec effet surround.

D'un coup sec de l'index, il dégoupille la boîte en métal recyclé et colle la brèche contre ses lèvres charnues pour s'envoyer une rasade de liquide frais, « les hommes savent pourquoi », qui le revigore quelque peu.

Cela fait une demi-heure que Paul souffre mille morts en assistant, impuissant, à la domination de son équipe par un adversaire qui maintient la pression depuis le début du match.

« La défense en a plein les pieds », comme se plaît à le répéter un speaker aux accents défaitistes.

Il reste trois minutes à jouer lorsque l'arbitre siffle un coup franc à l'entrée du rectangle. Lapaire retient son souffle, arc-bouté sur les accoudoirs d'un fauteuil gris foncé frappé du sceau de l'Univers du Cuir, patiné par l'usure du temps et les pandiculations de son propriétaire. Le visage ruisselant de bière et de sueur, de ses doigts boudinés, il s'empare de la télécommande pour baisser le volume du son et le rendre ainsi moins insupportable que l'angoisse qui l'étreint.

Profitant de la tension provoquée par cette phase cruciale, une inquiétante silhouette se faufile derrière lui, foulant subrepticement le tapis népalais authentique « fait main » en laine, et trouve refuge dans les nombreux replis des tentures du salon en tissu Jacquard 100% polyester.

Et le ballon va se loger au fond des filets ! Paul, effondré, se laisse choir dans le fauteuil qui geint sous le choc. Notre homme hurle sa détresse :

« Catastrophe ! Il ne leur restait plus qu'une poignée de minutes à tenir avant le repos... c'est foutu, ils sont éliminés... ils finiront par avoir ma peau...

— Tu ne crois pas si bien dire, bonhomme ! » Mêlant l'acte à la parole, la vraiment très inquiétante silhouette cravate Paul au moyen d'un lacet de chaussure de football.

« Hé ! Qui va là ? s'écrie le supporter angoissé.

— Le marchand de sable, mon gros. Il est temps d'aller dormir » répond la silhouette, de plus en plus inquiétante.

Paul Lapaire ressent une violente brûlure autour du cou. L'air vient à lui manquer. Avec l'énergie du désespoir, il tente de se soustraire de l'étreinte mortelle mais l'astucieuse, vraiment très inquiétante, silhouette, bloquant le dos du fauteuil au moyen de son corps, a coincé ses coudes dans le dossier moelleux, s'offrant ainsi une prise imparable.

L'arbitre siffle la fin de la première mi-temps. Le regard vitreux, Paul assiste pour la dernière fois à la rentrée des joueurs au vestiaire sur le téléviseur à écran plat, format 16/9, technologie 100Hz, son nicam stéréo avec effet surround, avant de s'effondrer sur une carpette 100% polypropylène.

Lorenzo Cristaldi, détective privé de son état, gare sa Fiat tipo, moteur diesel, 1900cc, direction assistée, en bordure du trottoir.

Il sort de la poche intérieure de sa veste en Prince de Galles, un morceau de papier toilette tiré d'un rouleau de 200 coupons, double épaisseur, trouvé dans sa boîte aux lettres et sur lequel Paul Lapaire a griffonné un message proposant une rencontre ce mercredi à 22 heures après le match... 22 heures 30 en cas de prolongations,... et 23 heures si les équipes devaient avoir recours aux bottés des penalties.

« Ah, ces footeux !» Lorenzo constate cependant que, malgré le choix d'un horaire élastique, il est à la bourre comme d'habitude, sa rolex indique 23 heures 30.

Cristaldi ferme la portière de sa voiture non sans avoir planqué au préalable, dans la boîte à gants, son autoradio Blaupunkt muni d'un système de recherche RDS.

« Bon sang, j'espère que le gaillard n'est pas déjà couché... » maugrée-t-il.

Notre détective, qui s'engage dans la première rue à droite, ne croit pas si bien dire. Malgré l'heure tardive, il règne une grande effervescence dans le quartier. La présence de la police n'y est pas étrangère, elle attise la curiosité naturelle et méfiante des voisins et des badauds.

Arrivé à la hauteur de la boucherie, Cristaldi croise des brancardiers éprouvant un mal fou à installer dans l'ambulance (un break Mercedes E300 diesel), la civière sur laquelle gît, inerte et recouvert d'un linge blanc, le corps de Paul Lapaire.

Lorenzo médite sur la précarité de la vie lorsqu'il est interrompu par un balèze du genre «on a les moyens de vous faire parler». Compressé dans un vieux trench-coat de couleur incertaine, mais beige à l'origine, le molosse brandit sa carte plastifiée de flic.

« Inspecteur Piet Boule, papiers si iou plaît ! » Cristaldi toise l'arrogant de haut en bas, ce qui lui permet de constater que l'individu porte des chaussures en simili cuir achetées en soldes « Chez Berca ».

« Pardon ? » Le doberman monte dans les aigus :

« J'ai réclamé vos papelards poliment... z'êtes sourdingue ?

— Ne vous méprenez pas, j'avais bien compris, mais, je n'en vois pas la nécessité...

— Je vous tiens à l'œil depuis un moment, votre attitude est suspecte...

— Si je vous suis bien, vous me houspillez pour délit de réflexion...

— Je suis flic, et c'est mon job de demander les papelards quand ça me plaît et à qui ça me chante, point à la ligne.

— Pourquoi tant d'agressivité ? Ma tête ne vous revient-elle pas ?

— Ici, c'est Bibi qui pose les questions » grommelle le bouledogue.

Désirant mettre un terme à cette stupide algarade, le privé décline son identité. Le rottweiler s'obstine :

« Vous pouvez me raconter ce que vous voulez, j'exige de voir vos papiers !

— Lorenzo ! Mais que faites-vous ici ? » s'écrie soudain une voix amicale.

« Commissaire Malowski ! Je suis doublement content de vous revoir » répond Cristaldi au nouvel arrivant qui porte avec une élégance raffinée un costume brun en velours côtelé de « Chez Rampant ».

Piet Boule, contrarié, regarde les deux hommes se serrer la main chaleureusement. Après les banalités d'usage, Lorenzo s'inquiète auprès de son ami :

« Paul Lapaire m'avait filé un rencard, je crains d'être arrivé trop tard. Dites-moi, commissaire, comment est-il mort ? » Tout en posant sa question, il allume une Chesterfield.

Le roquet saisit la balle au bond :

« Comment vous savez qu'il est mort ? »

Cristaldi ne se démonte pas et regarde l'animal droit dans les yeux :

« L'ambulance est partie sans actionner la sirène. S'il y avait eu une chance de survie, si ténue fût-elle, elle n'aurait pas manqué de le faire.

— Mouais, marmonne Piet Boule, dubitatif. C'est peut-être aussi parce qu'à cette heure-ci, y a pas beaucoup de circulation...

— Cela suffit, inspecteur, l'excès nuit en tout, même pour le zèle » tance le commissaire qui se tourne à nouveau vers son ami :

« On l'a retrouvé, étranglé avec un lacet. Au fait, Lorenzo, quel était le motif de son appel ?

— Je ne sais pas, tout ce que je peux dire, c'est qu'il réalisait le meilleur *cacciatore* du coin. Dorénavant, où vais-je trouver du saucisson d'une telle qualité ?

— Oui, fameux problème en perspective... qui n'est pas loin d'être aussi épineux que celui de découvrir l'auteur de ce crime crapuleux... enchaîne, ironique et perplexe, Malowski.

— Aujourd'hui le foot tue à domicile, il n'est même plus nécessaire de se rendre au stade pour se faire trucider » constate Cristaldi.

L'irascible Piet Boule saisit l'opportunité :

« Au fait, tagliatelle, tu t'intéresses, toi, à ce sport de dingue ? M'étonnerait qu'à moitié...

— Pas vraiment... je ne vois pas où vous voulez en venir, réplique Lorenzo, un brin d'ironie dans la voix.

— Très simple. En fait, ton copain, le boucher, te propose de venir assister au match chez lui. Un match important, vu le nombre de cadavres de canettes qu'on a comptabilisé. Pris tous les deux par l'ambiance et sous l'effet de l'alcool, la soirée se termine en pugilat, en rixe entre supporters. Je suppose que t'as été assez malin pour effacer tes empreintes digitales... en outre, ta présence ici me surprend qu'à moitié... l'assassin revient toujours sur les lieux de son crime... alors ? Y en a là-dedans, hein ? » À l'énoncé de cette question, il se martèle le front à l'aide de l'index.

Malowski juge urgent de couper court à cette pitoyable mascarade :

« Inspecteur Boule, je vous propose d'aller vous reposer. Revenez-moi demain, frais et dispos. La nuit porte conseil, vous verrez. Je suis certain que vous l'aurez, votre assassin mais, surtout, pas de précipitation, je vous l'ai déjà dit cent fois... »

Le Piet boule maugrée des paroles in-intelligibles et s'éclipse. Le commissaire agrippe Lorenzo par le bras, l'invitant ainsi à effectuer une promenade de réflexion dans un quartier où le calme est revenu.

« Ne lui en veuillez pas trop, c'est un impétueux... il fait preuve d'une audace rarement payante mais qui mérite le respect... vous savez, il n'aime pas sentir de la résistance quand il demande quelque chose « poliment »...

— Je ne l'avais jamais vu...

— Il a été parachuté récemment... son oncle est Ministre de l'Intérieur...

— Dans ce cas, pas utile d'être futé. Pour en revenir au crime, qui a découvert le corps de Lapaire ?

— Le fils de la voisine du dessus, un certain Roman Noir... il désirait présenter ses condoléances à Paul, suite à l'élimination de son équipe.

— Charmante et heureuse initiative. Ce gars-là est aussi boucher ?

— Non. Il travaille au Ministère des Finances. En état de choc, il a sollicité la faveur de faire sa déposition demain matin. Nous avons accepté, on n'est pas chien dans la police...

— À part Piet Boule, bien entendu. Tiens, au fait, c'est marrant ce que vous me dîtes là, commissaire, figurez-vous que j'ai été contacté, il y a deux semaines, par un certain Jean-Philippe Homard, précisément directeur au Ministère des Finances, qui m'avait donné rendez-vous dans un bistrot de la Rue Royale.

— Intéressante, cette rencontre ?

— Peut-être... » Cristaldi rallume une cigarette. La fumée s'évapore dans la douceur du soir. L'attention du détective est attirée par une lumière en provenance d'une fenêtre en PVC double vitrage d'un appartement situé au deuxième étage d'un immeuble. Une lumière qui semble vouloir entretenir la flamme de la vie dans une obscurité qui étend, sans complaisance, son manteau de couleur néant sur la ville. Lorenzo poursuit son récit :

« ... Un drôle de zèbre, en fait. Au téléphone, il en impose par le ton tranchant qu'il adopte. Mais, lorsque je me suis trouvé face à lui, quelle ne fut pas ma surprise de rencontrer un bonhomme ne payant guère de mine avec une tête d'épingle vissée sur un cou décharné; son corps malingre étant à l'avenant. Ses bras me sont apparus démesurément longs. Avantageux, me direz-vous, pour qui ne manque point d'ambitions dans un Ministère. Me fixant d'un œil critique, il commença par me reprocher mon retard tout en écorchant mon nom. Crisalti, s'ingéniait-il à prononcer. Au fil de la conversation, je me rendis à l'évidence : ce gibbon microcéphale ne doutait de rien et possédait une très haute opinion de sa personne. J'apprenais, entre autres, qu'il était président d'un club de foot amateur, le Royal Sporting Club, familièrement appelé R.S.C. »

Lorenzo se tait soudain, gagné par la sensation d'être suivi. Le principe des vases communicants joue son rôle à la perfection car le commissaire Malowski est habité du même sentiment.

Les deux hommes se consultent du regard et se retournent de concert pour n'apercevoir que le défilé des maisons qui se perd dans le noir. Malowski et Cristaldi reprennent leur marche, toujours persuadés qu'on leur file le train.

Le détective, qui n'a pas besoin de porter un nom de chien pour posséder du flair, se demande s'il n'y a pas un lien étroit entre la fenêtre éclairée et la perception d'être filé. Aussi, fait-il demi-tour pour aller s'enquérir de l'identité de l'insomniaque qui habite au deuxième étage. Le nom sur la sonnette le fait sursauter : Jean-Philippe Homard !

« Hé dites donc, commissaire, figurez-vous que le gars dont je vous parle, habite ici...

— Ah, ça, pour une coïncidence !

— Coïncidence ? Pas sûr...

— Mais, pourquoi vous a-t-il appelé au juste ?

— ... Il craignait pour sa vie. Parce que sa haute compétence dans de multiples domaines suscite d'effroyables jalousies...

— Rien que ça ? Des menaces de mort ?

— Oui... il m'a montré un papier froissé sur lequel étaient dactylographiés les mots « j'aurai ta peau ! », le document est chez moi...

— Non signé, je suppose ? » Lorenzo élude la question de Malowski :

« ... Ce bonhomme, qui ne doute de rien, s'est également arrogé le poste de trésorier du club, et cela en grand gestionnaire qu'il se targue d'être. Côté biffetons, Monsieur le directeur au Ministère des Finances les lâche « avec des élastiques ». Pour preuve : il a émis le désir de régler ma consultation à tempérament et les consommations ont été pour ma pomme...

— Non ? Quel radin ! Et parano par-dessus le marché... euh, vous avez accepté ?

— Oui... attendez, ce n'est pas tout, c'est ici que cela devient très intéressant. Paul Lapaire fait... ou plutôt faisait partie du conseil d'administration du R.S.C., Homard me l'a présenté comme un homme aux idées progressistes mais suicidaires pour le club.

— Ils devaient se heurter...

— Souvent... quelques franches engueulades se terminant devant un bon verre. Ils étaient, paraît-il, des amis de longue date. Ce qui est curieux... » Cristaldi allume une énième cigarette et achève :

« ... C'est qu'il craignait aussi qu'on attente à la vie du boucher...

— Tiens, tiens... et ce dernier désirait ardemment vous rencontrer... pour vous entretenir d'une éventuelle menace de mort, probablement...

— Si c'était le cas... Homard a vraiment tout à craindre pour sa peau... »

Ce n'est pas la première fois que les deux hommes travaillent sur une même affaire. Ils en ont déjà élucidé plusieurs à coups de logiques déductives agrémentées de marches roboratives. Mais ici, l'écheveau est particulièrement difficile à démêler.

En effet, peut-on imaginer un règlement de comptes, entraînant la mort d'un homme, dans un milieu aussi propre que celui du football amateur ?

Il faut dès lors chercher la solution de ce crime odieux dans d'autres sphères. Au cœur de la cellule familiale, par exemple ? Bof ! Paul Lapaire était célibataire, il n'avait ni frère, ni sœur et ses parents étaient morts depuis long-temps. La vengeance d'un client mécontent ? La boucherie est réputée pour la qualité unique de sa marchandise. On ne tue pas pour un morceau de viande, à moins d'avoir la gale aux dents et puis, rien n'a été dérobé dans la boutique.

Un crime gratuit ? Fort peu probable, dans une société de fric où tout se vend, où tout s'achète...

Après d'intenses réflexions mettant sur la sellette une substantielle quantité neuro-nale, il paraissait logique, après ce tour d'hori-zon, de remettre le cap vers le domaine de la dis-cipline sportive; l'éthique de cette noble activité dût-elle en prendre un coup.

La cause de ce crime impuni, aussi dur à croquer qu'un nougat de Montélimar, pourrait bien trouver son explication dans les premières lignes d'un récit, décrivant une mise à mort particulièrement atroce. Rappelez-vous... il est fait allusion à la qualité de produits de consommation divers car, de nos jours, toute en-treprise, quelle qu'elle soit, est vouée à l'échec si elle ne bénéficie pas d'un support publicitaire conséquent. Même le sport amateur est gagné par cette foire aux réclames.

Alors, Lorenzo Cristaldi, désirant res-ter digne de ses illustres prédécesseurs, Hercule Poirot et Miss Marple, met en branle sa rava-geuse puissance déductive. Il constate tout d'abord que dans son dialogue avec Malowski, il n'est fait référence à aucun produit de consommations. Conséquence : nos deux fils de pub, qui n'ont cependant pas eu le choix de leur génitrice, tournent en rond. Il n'y a, dès lors, plus à tergiverser, Lorenzo s'engage dans le seul raisonnement capable d'apporter un heureux dénouement à l'affaire et qui fera aussi le bonheur des amateurs de publicité jamais rassasiés. Suivons-le :

Paul Lapaire, membre actif et visionnaire, émet le désir de sponsoriser le club cher à son coeur. Rompu au sens des affaires, il est prêt à débourser gros pour faire apparaître le logo de sa boutique sur le maillot des joueurs.

L'idée est intéressante : Boucherie Lapaire. Dans le contexte viril et moderne du monde du foot, rien ne doit être négligé pour en imposer à l'adversaire.

Le projet est refusé par Homard qui voit dans cette initiative, un essai de mainmise sur toutes décisions présentes et à venir pour le R.S.C. C'en serait trop pour son prestige déjà écorné par de vaines approches auprès d'une secrétaire qui lui file entre les mains comme une anguille.

Le boucher insiste, se fait plus pressant. La coupe est pleine, Homard décide d'en finir avec ce personnage devenu encombrant. Mais comment venir à bout d'un homme qui lui rend 60 kilos ?

Il n'existe pas, à sa connaissance, de potion magique qui aurait le don de décupler sa force même si, il en fait une idée fixe en consultant, via Internet, la liste des produits pharmaceutiques aux pouvoirs toniques dont la plupart ne sont pas remboursés par la Mutuelle. Près de ses sous, qu'il engrange comme l'écureuil de la Caisse d'Épargne, Homard abandonne cette démarche ainsi que celle consistant à s'offrir les services onéreux d'un tueur à gages.

« Bon sang, mais c'est bien sûr ! » se dit Cristaldi, toujours en référence à de célèbres devanciers, comme le commissaire Bourrel qui élucidait un mystère dans les cinq dernières minutes. Roman Noir, voilà l'homme providentiel de Jean-Philippe Homard... »

Lors de son entretien avec le directeur au Ministère des Finances, Lorenzo se souvient que ce dernier s'était notamment vanté d'avoir donné à Roman Noir, huissier dans son service, une place d'homme à tout faire au sein du R.S.C. Un lourdaud, passionné de foot, qui habite avec sa mère dans un appartement au-dessus de la boucherie.

L'homme à la tête d'épingle n'éprouve aucun mal à monter le bourrichon de l'homme à tout faire du R.S.C. contre Lapaire, en lui faisant croire que le boucher cherche à l'évincer du club sous prétexte qu'il ne convient pas. Dans la foulée, l'homme à la tête d'épingle rappelle à l'homme à tout faire du R.S.C. qu'il peut lui être d'une aide précieuse dans une carrière toujours perfectible. Monsieur le directeur possède, on s'en souvient, de longs bras...

Enfin, notre conspirateur s'empresse de faire appel aux services d'un détective privé sous prétexte qu'on veut attenter à sa vie ainsi qu'à celle de son « ami » Lapaire. Le décor est planté.

Homard choisit un soir de match de coupe d'Europe pour abattre son joker et son ennemi. Il sait que le boucher sera absorbé par la rencontre et que rien ne pourra le distraire de la partie.

Tout se passera suivant le plan conçu dans sa petite tête, y compris l'alerte donnée aux flics par un Roman Noir commotionné par «ce qui est arrivé». Quand le calme sera revenu dans le quartier, l'homme à tout faire du R.S.C. devra rejoindre l'homme à la tête d'épingle qui, comme point de repère, laissera la lumière de son appartement briller. D'où, cette sensation de Cristaldi d'être suivi... car, le détective en est persuadé maintenant : sa promenade nocturne avec le commissaire Malowski contrarie la bonne marche à suivre... Roman Noir est derrière eux, prenant soin de ne pas se faire repérer !

Bravo Lorenzo pour ta perspicacité ! Mais ce que tu ignores, c'est que... l'irascible Piet Boule est aussi dans le coup...

Quand le commissaire Malowski lui a suggéré de rentrer pour se reposer, le molosse, prêt à évacuer le terrain, obéissant ainsi aux injonctions de son supérieur, s'aperçoit soudain du manège de l'homme à tout faire du R.S.C. et entreprend aussitôt une filature. Pourquoi ce lourdaud suit-il le commissaire ?... Qui est-il ?... Que veut-il ?

On en arrive ainsi à cette situation biscornue où l'inspecteur Boule file, sans le savoir, l'assassin, filant lui-même, sans le vouloir, le détective et le commissaire devisant sous le clair de lune.

Lorsque Cristaldi et Malowski rebroussent chemin, Roman Noir vient juste de s'engouffrer dans l'immeuble à la fenêtre éclairée, Piet Boule aux trousses.

Lorenzo, guidé par la certitude d'avoir éclairci le mystère de l'assassinat de Paul Lapaire, pénètre à son tour dans le bâtiment, le commissaire sur les talons.

Arrivés au deuxième étage, les deux hommes ont l'attention attirée par un corps allongé sur un faux tapis persan devant une porte en bois du Japon entrouverte et traitée par une substance ininflammable.

Cristaldi se penche sur le gisant et reconnaît... Piet Boule !

« Il est mort ? S'inquiète Malowski.

— Non, son pouls bat...

— Tant mieux, je pourrai lui botter les fesses plus tard. »

Un bruit leur parvient de la salle de séjour, les deux hommes s'y précipitent.

Devant leurs yeux ébahis, dans un combat inégal, ils voient l'homme à la tête d'épingle, soulevé de terre, agitant bras et jambes pour tenter de se soustraire à l'étreinte puissante de l'homme à tout faire du R.S.C., hurlant TRAÎTRE tout en lui serrant le cou.

Malgré la sommation d'usage, l'homme à tout faire du R.S.C. ne veut pas déposer sa proie qui vire au cramoisi. Le commissaire expédie alors une balle dans le bras de l'homme à tout faire du R.S.C. qui lâche prise, s'affale et pleure de douleur en invoquant sa maman.

L'homme à la tête d'épingle reprend peu à peu ses esprits. Il déboutonne le col de sa chemise puis, ouvre la bouche afin d'y laisser pénétrer un maximum d'air en lançant un regard de chien battu à l'adresse de Cristaldi qui s'est approché.

« Je vous avais bien dit que je craignais pour ma vie » lâche-t-il sans vergogne.

« Ce gars-là ne doute vraiment de rien » soupire Lorenzo.

Le lendemain après-midi, à la fromagerie d'un centre commercial.

« Commissaire, quelle bonne surprise ! Alors, quoi de neuf depuis hier soir ? Vous n'êtes pas en plein interrogatoire ? » Cristaldi tend une main toujours aussi chaleureuse vers Malowski.

« Ne m'en parlez pas. Je m'octroie un peu de repos. Bien qu'il ne paie pas de mine, ce Homard est dur à cuisiner. Vous aviez raison, le gaillard ne nourrit aucun complexe. Cuit et même recuit, il continue de nier. Il parle maintenant de machination ourdie par la police pour le faire tomber... par contre, Roman Noir est passé aux aveux...

— Voilà qui est raisonnable et... Piet Boule ?

— Ce crétin n'arrête pas de se tresser des lauriers en rappelant que sans lui, l'enquête tournerait en rond. N'empêche que cet abruti avait provoqué l'ire du lourdaud en lui brandissant sa carte d'inspecteur sous le nez... et cela au moment où Noir pénétrait chez Homard...

— La gaffe ! fait Lorenzo, hilare.

— Résultat, poursuit le commissaire, Roman Noir est persuadé que Homard l'a balancé aux flics... et qu'il désirait lui faire porter le chapeau d'une seconde tentative d'assassinat. Dame, on ne se rend pas chez un particulier à une heure aussi indue, si ce n'est dans un but non avouable. Fou de rage, le lourdaud se jette alors sur le félon pour l'étrangler. On a failli avoir un deuxième macchabée sur les bras...

— Eh, pas si simplet le lourdaud ! Je me demande si Monsieur le directeur avait imaginé une telle chute pour son scénario ?

— M'étonnerait pas que dans sa mégalo, une fois acculé, il s'en arroge l'idée... ricane Malowski.

— Dommage pour mon ami Piet Boule, après cette boulette, je suppose qu'il n'y a pas de promotion prévue ? s'inquiète hypocritement Cristaldi.

— Non, mais dès que son oncle ne sera plus Ministre de l'Intérieur, il aura droit à une mutation... à la brigade canine...

— Vous êtes dur, commissaire » lance Lorenzo sous un faux air de reproche. Se piquant volontiers au jeu de l'ironie, Malowski conclut :

« Peut-être, mais je lui rendrai service... je n'ai jamais vu un poulet aussi cabot... »

À présent que le plat de résistance est bien digéré, passons au fromage. On ne sera guère étonné si les deux hommes portent leur choix sur cette aguichante petite boîte de forme ovale aux couleurs bleu, blanc, or et qui recèle un trésor d'une saveur incomparable (seulement 60% de matière grasse).

Alors, caprice des deux ?... Caprice des Dieux, voyons...

LE PONT DES
DERNIERS SOUPIRS

Porte ouverte sur le Midi, Morne-Le-Castel est réputé pour son vin. Les Castelmornais ont une espérance de vie supérieure à la moyenne nationale. La légende veut que ce privilège soit dû à ce délicieux breuvage dont les autochtones gardent jalousement le secret de fabrication. Situées à flanc de coteau, le long de la voie ferrée, les vignes sont chouchoutées par les rayons vivifiants d'un soleil généreux. Tous les hommes du village y travaillent afin d'en extraire un raisin magique.

Bien qu'il en sût le texte par cœur, le commissaire Arthur Bosquet parcourt pour la énième fois le dépliant touristique froissé qui le distrait de ses pensées morbides. Il le glisse enfin dans la poche de sa veste et regarde le paysage qui défile. Sur la vitre du wagon apparaissent, en filigrane, les visages aimés... Laurence... Pascale... images furtives d'un bonheur à jamais perdu par la faute de ce pont... de ce maudit pont.

Le trajet amenant notre homme de la capitale vers Morne-Le-Castel, une attrayante petite cité que n'aurait pas désavouée Daudet, paraît interminable.

Quand une voix anonyme annonce l'entrée en gare à Préfleuri, le dernier arrêt avant Morne, le commissaire Arthur Bosquet soupire d'aise, bourre sa pipe, ôte sa valise du porte-bagages, puis se dirige vers le sas afin d'être aux premières loges et d'éviter ainsi la cohue inhérente aux descentes des trains. Nous sommes au début du mois de juillet, les compartiments sont pris d'assaut par de nombreux touristes.

Le commissaire compte mener son enquête rondement, aussi, à peine débarqué, se rend-t-il auprès du chef de gare, un certain Victor Champalaume.

Élevé dans le sérail du rail, le bonhomme ressemble à un portrait de Norman Rockwell. Aucune Micheline n'a jamais présenté suffisamment de qualités aux yeux de ce vieux célibataire pour accrocher le wagon de sa convoitise. Victor n'a pas pour autant mené une vie monacale : un charme indiscutable allié au prestige du port du képi, en a fait se pâmer plus d'une, ce dont notre fort en t'aime n'a pas manqué de profiter.

Champalaume courait donc le guilledou tout en poursuivant sa voie ferrée au bout de laquelle, sur fond d'horizon lumineux, se dresse un pont conçu, semble-t-il, à l'aide du surplus de matériaux dont s'était servi Gustave Eiffel pour édifier sa tour.

Une ferraille qui, malgré tout, ne détonne point dans le paysage champêtre et apaisant qu'offre la région. Une imagination débridée lui trouvera même un côté carte postale de la Belle Époque et se surprendra dès lors à rêver à de jolies dames en crinoline, se pâmant sous une ombrelle, par de beaux dimanches d'été, en compagnie d'élégants messieurs portant gibus et redingote.

C'est pourtant de cet édifice, qui laisse rêveur, que Sir William Tweed a tiré sa révérence. Sans crier gare, qu'il a eu soin d'éviter ce jour-là, le digne représentant de sa Gracieuse Majesté a fait le plongeon au moment précis où passait le train bleu filant vers le Midi. Le malheureux, broyé par la puissante machine, a été réduit à l'état d'« américain préparé ». Schocking, isn't ? De ce peu ragoûtant amas de chair se sont dégagés des lambeaux de veste en cachemire de premier choix.

Les circonstances entourant cette affaire restent floues. Arthur Bosquet a été délégué sur place pour pallier aux tergiversations de la police locale qui a d'abord opté pour la thèse du suicide avant de préférer celle de l'accident. Aucune ne tient la route : la première ne correspond nullement avec le caractère jovial de la victime, la seconde ne s'accommode pas du sens aigu de la prudence et de la minutie dont se prévalait Tweed.

Le commissaire apprend ainsi de la bouche de Champalaume que cet ancien colonel de l'armée des Indes était réglé à l'horaire des trains comme peut l'être une montre à son suisse. Il ne ratait jamais celui de 16h30 qui l'amenait de Préfleuri, où il coulait une paisible retraite, à Morne-Le-Castel, sur le coup de 16h40. Là, dans la salle des pas perdus, il guettait l'arrivée du chauffeur de la marquise de Lydie. L'automédon venait le quérir pour rejoindre ensuite le château de plaisance, perché sur les hauteurs du village où l'attendaient, à five o'clock précises, la maîtresse des lieux et ses quatre lévriers. Instant privilégié mis à profit par notre buveur de thé pour assurer une libido toujours vaillante. Après avoir fait le tour de la propriétaire, il se faisait reconduire à 19h00 tapantes à la gare pour reprendre le train de 19h30 en direction de Préfleuri.

Le battement d'une demi-heure, il l'offrait à Victor avec qui il s'était lié d'amitié. Les deux hommes devisaient de tout et de trains. Champalaume avait appris entre autre que la sœur de son ami n'était pas un garçon, que ses fleurs étaient belles et que son tailleur était riche.

Bosquet écoute le récit du chef de gare sans broncher, revoyant, en présence du pont, les visages aimés devenus d'insaisissables ectoplasmes dansant devant ses yeux au son d'une musique céleste.

Aussitôt que Champalaume eut terminé, le commissaire s'enquit de la réaction de la marquise à l'annonce de la terrible nouvelle.

« Elle s'est offusquée du manque de savoir-vivre de son amant... »

Bosquet prend congé du chef de gare pour se rendre chez Anatole Riguidelle, le maire de Morne-Le-Castel. Ce dernier, doté d'un indubitable don de persuasion, ce qui a facilité l'accès au poste qu'il occupe, évoque un *Whodunit* (?) fort improbable car, insiste-t-il, il faut bien se conforter dans l'idée que le crime ne fait pas partie des moeurs de cette charmante commune où tout incite à la convivialité. Ici, on est à cent mille lieues de ces jungles urbaines qui transforment leurs occupants en bêtes féroces : les unes pour survivre, les autres pour obtenir toujours davantage.

Cependant, malgré les louables explications du maire, le commissaire n'adhère pas à la conclusion de l'accident. Il n'imagine pas, d'après ce qu'il sait sur Tweed, qu'un tel homme puisse jouer les funambules, au risque de basculer et de se transformer en escalope viennoise.

Le lendemain, Bosquet est tiré de ses ablutions quotidiennes par l'annonce de la découverte, sous le pont, d'un deuxième corps réduit en charpie.

Il s'agit de celui d'Émile Lapage, un homme à fables qui connaissait une multitude d'histoires, n'hésitant pas à se couper en quatre comme un gâteau d'anniversaire pour rendre service. Aussi sec qu'un sarment de vigne, ce disciple de Bacchus, coutumier des nuits bien arrosées au cours desquelles il échafaudait les projets les plus fous qui s'estompaient l'aube venue, n'avait pas le vin triste et comptait encore en découdre avec la dive bouteille durant de nombreuses années.

Bref, le commissaire constate que ce noceur invertébré, depuis son passage sous le train bleu des vacances, attirait la sympathie et n'avait jamais eu d'envies suicidaires.

« Ça devait arriver avec tout ce qu'il buvait, il a dû perdre l'équilibre » arrête le maire, favorisant la thèse de l'accident.

Oui mais voilà, le hic de cette nouvelle disparition réside dans la hauteur du parapet qu'on ne peut gravir qu'en pleine possession de ses moyens.

« Oh, vous savez, même bourré, Émile aurait grimpé sur la tour Eiffel à sa face extérieure » surenchérit le maire.

Alors, pour la forme, mais seulement pour la forme, Riguidelle convoque une réunion de crise au cours de laquelle certains conseillers municipaux suggèrent la suppression pure et simple du «pont des derniers soupirs», comme l'a baptisé la presse.

Les inconscients ! Car, à l'instar du vin du pays, « ce tremplin idéal pour se propulser dans l'envers du décor d'où aucun acteur de la comédie humaine ne revient » apporte, depuis peu, sa contribution à la notoriété de Morne-Le-Castel.

Finalement, l'édifice a la vie sauve grâce à une majorité influencée par les retombées économiques potentielles et un Champalaume qui est accroché au pont tel le gui à son arbre.

En contrepartie, les habitants de Morne-Le-Castel sont soumis à un examen psychologique auquel ils se plient bon gré mal gré.

Rasséréné, le maire, qui ne se départit guère d'un sourire radieux, semblable à celui qu'arbore ce beau lieutenant sur une boîte de

Quality Street, informe Bosquet de la décision du Conseil et, dans la foulée, fait comprendre au policier qu'il perd son temps à chercher un hypothétique criminel.

Le commissaire brave sa phobie des ponts en faisant les cent pas sur celui «des soupirs», en quête d'un indice.

« Deux accidents rapprochés, alors que jamais auparavant... non, Riguidelle ne réussira pas à me convaincre. Il refuse d'admettre qu'il puisse y avoir un assassin à Morne-Le-Castel par peur de la mauvaise publicité que cela ferait à son patelin... c'est clair, nous ne poursuivons pas le même but. Il me faut au plus vite trouver l'élément qui me permettra de ne pas m'attarder ici davantage. »

De son perchoir, Bosquet contemple la gare de Morne-Le-Castel dont le toit, assailli par la chaleur estivale, réverbère une lumière aveuglante.

Il quitte son poste d'observation et s'engage dans un sentier en bordure duquel son regard est attiré par quelque chose de brillant. Du pied, il écarte l'herbe afin de mettre sa découverte au jour. Celle-ci scintille sous le feu du soleil. Il se baisse pour la ramasser. Pour la première fois depuis longtemps, un sourire illumine le visage d'Arthur Bosquet.

Le train bleu des vacances entre dans la gare de Morne-Le-Castel où il fait escale. Une heure de repos qui permet à gros Louis, le conducteur, de tailler une bavette avec son ami Victor Champalaume.

Taillé à coup de serpe dans du buis, l'homme est une bête, une bête humaine à l'appétit d'ogre qui engloutirait un T. Rex de Spielberg au petit déjeuner.

Il paraîtrait téméraire de se retrouver sans défense face à un tel pachyderme, et pourtant, gros Louis ne ferait pas de mal à une mouche... bestiole peu consistante à vrai dire.

Notre colosse conduit le train bleu depuis près de vingt ans, emmenant les estivants se faire rôtir (sic) sur les plages brûlantes du Sud.

Le projet récent de la Compagnie des Chemins de Fer de joindre la capitale au Midi par un express doté de la plus haute technicité le séduit. Pour les quelques années de carrière qu'il lui reste à accomplir, quelle aubaine !

Gros Louis se voit déjà aux commandes de ce bolide, fendant l'air à une vitesse des plus grisantes.

Malheureusement, c'est sur sa locomotive que les deux accidentés, Tweed et Lapage, ont eu le mauvais goût de venir s'écraser. La Direction en a pris bonne note. Le rêve de jouer les Senna du rail s'estompe.

« Mais bon Dieu, je n'y suis pour rien ! » hurle gros Louis... vrai ! Cependant tous les paramètres sont pris en considération afin de départager des candidats de valeur égale. Ses détracteurs invoquent des réflexes émoussés, voire une vue défaillante. Surtout qu'au moment des faits, le train n'avait pas encore pris sa vitesse de croisière.

« Oh, Victor, t'as rien à becqueter ? Y a Fernande qu'a dû confondre mon frichti avec la collation du gamin... en voilà un qui perdra pas au change. Je te jure, les femmes parfois...

— J'ai ça en magasin. Une demi-casserole de pistou, ça te dit ?

— À la guerre comme à la guerre, mon pote. T'as pas regardé sur le basilic, j'espère...

— Tu sais, je suis pas très croyant...

— Farceur, va. Dis-moi, y a du neuf au sujet de Tweed et Lapage ? » Gros Louis écrase sa masse sur une chaise qui gémit à chaque mouvement éléphantesque de l'encombrant personnage.

« Ben, y z'ont envoyé un flic, un certain Bosquet. Drôle de bonhomme... y pose pas de question ou quasi pas et tire sans arrêt sur sa pipe. D'après mon beauf, qui est conseiller municipal, il aurait vécu un drame, y a un an. Son épouse et sa fille seraient mortes dans un accident de voiture. La bagnole a dérapé sur un pont couvert de verglas et s'est retrouvée quelques mètres plus bas.

— Pauvre gars...

— Cela dit, pour en revenir à ta question, je pense qu'il pencherait plutôt pour l'assassinat... hé, pardi, pour un flic, c'est son gagne-pain. J'ai dit tout ce que je savais sur Tweed.

— En attendant, j'espère qu'un autre loustic n'aura pas l'idée saugrenue de venir s'écraser sur mon pare-brise. Figure-toi que c'est devenu un sujet de plaisanterie chez les cheminots... ce matin, y en a un qui m'a demandé qui j'avais l'intention de repasser aujourd'hui...

— Une fois pensionné... voilà une bonne occupation pour arrondir tes fins de mois... dans une blanchisserie, comme... » Victor n'a pas l'occasion de terminer sa phrase. Gros Louis a pris la mouche mais, comme déjà signalé, ne lui fera aucun mal.

« Dis donc toi, t'as la mémoire courte... avant ta panne des sens, qui c'est qu'était content de me voir rappliquer avec mon beau train bleu rempli de belles touristes quêtant d'exotiques aventures ?

— T'énerve pas mon gros, je sais que je te remercierai jamais assez pour le mal que tu t'es donné. Je suis de tout cœur avec toi. »

Le cheminot hausse les épaules, termine sa soupe sonore et rote un bon coup. Il se roule ensuite une cigarette :

« Il m'a été rapporté que l'anglais et la marquise avaient l'intention de passer devant M'sieur le maire. Y avait plus qu'un problème d'armoiries à régler. Ces particules... z'ont vraiment rien d'autre à penser... tu crois qu' c'est un motif suffisant pour se trucider ?... Quant à Émile, je vois pas, c'est le brouillard...

— Peut-être que le mildiou lui a gagné le cerveau...

— Et le maire ?...

— Il est marri... note qu'il n'a pas perdu son temps, on raconte qu'avec la marquise...

— Non ? Mais alors, le voilà, le mobile du crime !

— Arrête ta loco, Gabin, t'as vu ça dans quel film ? Peux-tu imaginer un seul instant Anatole Riguidelle en assassin ?

— Euh... pas vraiment... oh, dis donc, faut que j'y aille... il est temps de reprendre la route. A la prochaine ! »

La sortie de gros Louis coïncide avec l'arrivée de Bosquet. Le signal de départ du monstre de fer rompt la douce quiétude qui baigne la contrée.

La machine s'ébroue. Au moment de passer sous le pont, gros Louis ne peut réprimer un frisson d'angoisse. Mais cette fois-ci, aucun «plaisantin» ne vient éclabousser son pare-brise.

La mine soucieuse, le commissaire questionne le chef de gare :

« Le type que je viens de croiser, ce n'est pas lui qui...

— Exact. Il en est très affecté. »

« Les initiales G.M.... ça vous dit quelque chose ?

— Euh... non... attendez que je réfléchisse... »

Pendant que son interlocuteur passe en revue, dans son for intérieur, tous les G.M. de la région, le regard d'Arthur Bosquet est attiré par une affiche défraîchie représentant un train qui se faufile dans la montagne sur un parcours tortueux où les roches et les arbres cohabitent en harmonie... jusqu'à ce qu'au loin, un pont, avec sa grosse masse grise, vienne gâcher la beauté du site.

« Les ponts sont construits pour rompre les équilibres » songe, amer, le commissaire, tiré de sa contemplation par Champalaume :

« Je ne vois que Gégé... je veux dire Gérard Mendosa... ah ! Il y a aussi Georges... Georges Minothologostavropopoulos, dit Minos...

— On avance. » lâche, pensif, Bosquet toujours aussi peu loquace. Son silence appelle Victor à donner davantage de renseignements sur les deux personnages.

« Mendosa est contrôleur dans le tortillard qui effectue la navette entre Préfleuri et Gorge-La-Grande. C'est un farceur ou plutôt, c'était un farceur qui ne manquait pas de trouvailles pour amuser la galerie. Tenez, l'une des meilleures, consistait à monter en cachette dans le dernier wagon. Là, il attendait le départ avant de débouler, essoufflé, dans les premières voitures en faisant croire qu'il avait rattrapé le train à la course. Peu à cheval sur le règlement... jusqu'au jour où il apprit les infidélités de son épouse... son attitude changea du jour au lendemain.

Sombre, ombrageux, il devint un fonctionnaire zélé. Les rapports qu'il entretenait avec sa femme devinrent sordides. Avant de passer à l'acte, il déposait un gros billet sur la table de chevet. Elle en mourut de chagrin. Quant au bonhomme... il s'en est jamais remis et traîne désormais sa tristesse et son ennui comme autant de fardeaux.

Minothologostavropopoulos, c'est le chauffeur de la marquise. Comme il a un nom impossible à retenir, de Lydie l'appelle Minos. Il est à son service depuis vingt ans et veille aux intérêts d'une patronne très autoritaire. Ce n'est pas toujours le paradis, là-haut. Minos se conduit en cerbère pour protéger sa *déesse*.

— Vie d'enfer... Cerbère... Minos... voilà des comparaisons amusantes. » s'exclame Bosquet en tirant sur sa pipe.

Surpris par ce flot de paroles improvisées de la part du commissaire, le chef de gare se libère un peu plus :

« Notez qu'elle aurait pu l'appeler Popoulos... Logos... Stavros... voire Tholos... »

Bosquet coupe court à la remarque de Champalaume et entame un édifiant monologue :

« Non... le choix de ce diminutif n'est pas fortuit. Il fait allusion à l'un des trois juges des Enfers de la mythologie grecque. Minos, l'un d'eux, était d'une sévérité implacable. Il ne pardonnait rien. Quiconque avait fauté, encourait de sa part une punition sans rémission... au fait, dites-moi, Tweed et Mendosa se connaissaient-ils ?

— Je... ne le pense pas...

— Et l'épouse de Mendosa...

— ... ? ...

— Entretenait-elle... des rapports avec Tweed ? »

Victor reconnaît son ignorance à ce sujet et remarque que le chemin de la pensée policière est plus tortueux qu'un sentier de montagne.

« Il a déjà le nom du lieu... dans cinq minutes, il me donnera celui de l'assassin et de l'arme du crime, je vis une partie de *Cluedo* » pense-t-il.

Arthur Bosquet poursuit son interrogatoire :

« Est-ce qu'il y avait de l'eau dans le gaz entre la marquise et Sir Tweed ?

— Paraît qu'ils se sont engueulés deux jours avant la disparition de l'anglais pour une histoire d'armoiries. Vous savez, ces british, n'ont pas notre mentalité : ce qui nous semble anodin revêt, chez eux, une énorme importance surtout lorsque l'honneur est en jeu... tout de même, je refuse de croire que la marquise en soit arrivée au meurtre, risquant ainsi des années de placard.

— Au fait, votre ami Tweed vous a-t-il parlé de la querelle ?

— Tel un Écossais avec lequel il ne fallait pas le confondre, Tweed était très avare de confidences. Pour lui, gémir n'était pas de mise, que ce soit chez la marquise ou ailleurs... excusez-moi, mais le train de Gorge entre en gare, je reviens tout de suite. »

Sur le quai, Victor aperçoit le conducteur Albert Le Bourrez, faisant de grands signes en brandissant un petit carnet noir.

« Je l'ai trouvé coincé derrière un siège du premier wagon, il appartenait à...

— Sir Tweed ! enchaîne Champalaume.

— Mais comment ?

— William Tweed voyageait toujours en first classe, question de standing.

— Un véritable Hercule Poivrot ! s'écrie, admiratif, Le Bourrez.

— Poirot, mon cher Albert, Poirot... »

Le cheminot remet la pièce à conviction au chef de gare comme un coureur du 4 x 400 m. qui cède le témoin à son équipier dans une course de relais et continue à jouer les intéressants :

« Euh... savais-tu que la femme de Mendosa s'était envoyée en l'air avec le rosbif ? Y aura vraiment que le train qui sera pas passé dessus » conclut Le Bourrez.

Cruelle vérité !

Après l'échange de quelques banalités, le cheminot reprend sa route.

Victor va retrouver Bosquet.

« Commissaire, j'ai peut-être de quoi faire avancer l'enquête » déclare-t-il sur un ton enjoué.

Les deux hommes feuillettent le petit carnet noir qui se présente tel un livre ouvert sur la vie d'un homme dont l'extrême minutie n'était pas une légende.

Tout est inscrit. Les rendez-vous galants avec de Lydie, les visites chez le coiffeur pour débroussailler et fignoler une moustache récalcitrante, les séances de fitness pour livrer une guerre sans merci aux formes, les réflexions philosophiques : « la véranda de mon voisin est plus grande que ma cuisine mais plus petite que ma salle de séjour », poétiques : « il se dégage du gazon de la marquise un parfum de jasmin que n'exhale pas mon jardin ».

Enfin, des horaires de trains à n'en plus finir, preuve irréfutable que l'intéressé organisait sa vie au rythme des monstres de fer pour pouvoir, notamment, s'adonner à des parties de triviales poursuites avec la môme Mendosa. Cela, bien entendu, à l'insu d'un mari dont les heures de service n'avaient aucun secret pour Tweed.

Les deux hommes tombent en arrêt devant la date du 29 juin, soulignée au feutre rouge, sous laquelle est noté : 16h00 Minos, Pont de Morne-Le-Castel.

Ce jour-là, le train bleu des vacances passait à 16h10 sous le « pont des derniers soupirs ». Ce jour-là, Sir William Tweed faisait du saut sans élastique...

« Intéressant... vraiment très intéressant » marmonne Bosquet en lissant sa moustache d'un index jauni par la nicotine.

Il remercie le chef de gare et demande l'adresse de Mendosa. Il ne lui reste plus qu'un détail à vérifier avant de clore le dossier.

Tout en marchant, le commissaire triture, au fond de sa poche, la gourmette flanquée des initiales G.M. qu'il a trouvée à l'entrée du sentier donnant sur le pont.

Une pluie revigorante rafraîchit la région. Bosquet n'éprouve aucune peine à trouver la maison du contrôleur, flanquée au bout d'une impasse, accolée à une autre. Les deux bâtisses semblent avoir été construites simultanément. Le policier s'essuie les pieds sur un paillasson confectionné à l'aide de capsules de bouteille renversées.

Il est reçu dans un salon gris où la tristesse et la désolation suintent des murs.

« Une petite goutte, commissaire ? » Voûté, l'homme se tient près d'une armoire en faux chêne qu'il a ouverte pour laisser entrevoir un bar chichement garni.

« Non, sans façon, je ne bois jamais durant les heures de service. »

Mendosa n'insiste pas, se sert un verre et s'installe à table, face au policier qui déduit, au premier coup d'œil, que cet homme usé serait incapable de hisser Tweed ou Lapage au-dessus du parapet pour les précipiter dans le vide.

Le contrôleur apparaît très fatigué et peu enclin à supporter un long entretien, ce qui n'est pas fait pour déplaire à Bosquet qui étale la gourmette sur la nappe en toile cirée.

« Ceci vous appartient-il ? » énonce-t-il sans conviction, certain de la réponse.

L'autre, fébrile, la prend entre ses doigts et fait non de la tête.

Le commissaire ne juge pas opportun de demander à son hôte s'il était au courant de la liaison de son épouse avec Tweed. Cela n'a plus d'importance à présent.

Quand Mendosa propose de parcourir un album rempli de photos de la bien-aimée, Bosquet prétexte une journée chargée pour s'extraire de cet endroit où règne une ambiance de veillée mortuaire qui lui refile un bourdon tel qu'il est proche de la nausée.

Le commissaire se rend ensuite sur les hauteurs de Morne-Le-Castel, au château de plaisance.

Minos passera aux aveux sans qu'il ait été nécessaire de le pousser dans ses derniers retranchements. Bosquet crut même percevoir une sorte de fierté dans les actes criminels que l'automédon avait perpétrés. Celui-ci avouera que, lors de la fameuse dispute, il n'était pas uniquement question des armoiries, mais aussi des infidélités du prétendant. Quand celles-ci lui parvinrent aux oreilles, il jugea l'*english* indigne, désormais, d'épouser sa patronne.

Minos donna rendez-vous à Tweed sur le pont, sous la fallacieuse affirmation que celui-ci était plus large que la terrasse attenante à sa chambre à coucher située au premier étage de sa villa. Pendant que l'autre procédait à une vérification, Minos le balançait sous le train.

Afin de conforter l'idée d'une épidémie de suicides ou d'accidents, l'automédon réserva un sort identique à Émile Lapage, et inscrivit d'autres noms sur sa liste noire. Son choix se portait sur des gens dont ce Monsieur Propre fustigeait le comportement.

Hélas pour lui, mais heureusement pour la morale (!), il perdit sa gourmette lors de l'exécution de Lapage.

Le procès fait grand bruit dans une région secouée par les événements. Pour une fois, la justice se prononce rapidement en ne reportant pas l'affaire aux Calendes Grecques.

Minos en prend pour dix-huit ans, ce qui lui laissera du temps pour méditer sur sa reconversion.

Il a déjà sa petite idée là-dessus. Il compte, en effet, reprendre un lavoir pour redevenir quelqu'un de bien. La confusion entre l'Etre et Lavoir demeure éternelle...

Gudule de Lydie, reconnue innocente des exactions commises par son larbin, veut malgré tout se refaire une virginité. Prenant un virage à 360 , elle largue les amarres d'avec le maire et prend le large avec un philosophe à la carrure imposante, Armand Sardes, qui lui fait goûter les plaisirs de l'existentialisme.

Désirant épouser les principes humanitaires et anti-matérialistes de son nouveau compagnon, la marquise n'engagera plus de chauffeur, le philosophe préférant conduire sa *Bentley* lui-même.

Anatole Riguidelle est aussi mis sur la sellette. Sa position d'amant de la marquise le fait suspecter de protectorat.

Rejeté par la population et titillé par une conscience aux accents de reproche quant à la façon légère dont il a fait mener l'enquête à ses débuts, il prend la résolution de s'octroyer une année sabbatique pour recharger ses accus.

Déléguant ses responsabilités à son adjoint Homère Grand, Riguidelle met le cap sur les îles et élit domicile dans une chambre d'hôtel. Las d'avoir navigué en eaux troubles, le politicien s'émerveille à la vue du spectacle offert par les langueurs océanes qui s'étendent à perte de vue devant ses yeux d'enfant retrouvé.

Riguidelle s'offre les services d'un nègre afin de rapporter, par le menu, l'affaire du « pont des derniers soupirs » et d'éclaircir le rôle qu'il y a tenu.

L'homme n'ignore pas que son image est écornée et qu'il faudra bien toute sa tête sur... les affiches pour rameuter des électeurs qui risquent de se faire aussi rares qu'une promesse politicienne tenue car, il compte sur les dividendes qu'il retirera de la vente de son bouquin pour financer sa future campagne électorale (chassez le naturel...)

La Compagnie des Chemins de Fer avance à pas de géant dans ses travaux de réfection.

Des lignes se trouvent renforcées, d'autres supprimées. Le train bleu vit ses dernières heures de route.

L'express qui doit le remplacer attire la convoitise des cheminots les plus chevronnés. Malgré ses déboires, gros Louis mise sur son amitié avec Champalaume qui devrait le servir grandement, le chef de gare jouissant d'une notoriété enviable dans la région. Les renseignements précieux qu'il a communiqués à Bosquet sous-entendent qu'il n'est pas étranger au dénouement heureux de l'enquête.

Quant au commissaire, les retombées d'une illusoire reconnaissance le laissent de marbre aujourd'hui. Depuis l'accident qui a coûté la vie à Laurence et à Pascale, il a pris ses distances vis-à-vis de cette maîtresse exigeante.

L'attraction du « pont des derniers soupirs » est toujours vivace. Il l'interprète comme un signe, un appel auquel il n'a pas encore pu répondre suite au tourbillon d'une affaire somme toute facile à élucider.

Aussi, profitant de quelques jours de repos, Arthur Bosquet se rend à Morne-Le-Castel à l'aube de la saison automnale. Une initiative prise à l'insu de tous.

Le jour décline à l'horizon. Caché derrière un cyprès aux feuilles odorantes, le commissaire admire l'image féerique projetée par le pont qui s'érige tel un spectre illuminé par un arc-en-ciel aux couleurs éclatantes.

Soudain, la vision d'une réussite professionnelle écrasant toute autre forme d'existence lui donne le vertige. Surtout lorsque cette autre forme d'existence revêt l'apparence d'une petite tête blonde encadrée de boucles d'or.

Et si le succès professionnel n'était qu'un leurre, un chemin de traverse qui ne mène nulle part et vous fait passer à côté de l'essentiel ?

Un sentiment d'effroyable gâchis gagne l'homme jusqu'au dégoût. Il ne croit pas à la fatalité.

Ce jour-là, une fois de plus absorbé par son travail, il négligea d'avertir Laurence et Pascale du danger, entendu aux infos, de traverser un pont rendu glissant par le verglas. Pourquoi ne s'était-il jamais donné la peine de consacrer davantage de temps à ses proches ? Pour leur assurer un maximum de confort ?... Quelle lamentable excuse ! Aujourd'hui, il va les rejoindre et rattraper ainsi les années sacrifiées sur l'autel de l'ambition. « Le pont des derniers soupirs » peut l'aider dans sa résolution. Le cœur soudain plus léger, Arthur Bosquet marche vers son destin.

FLUCTUAT NEC
MERGITUR

Le bois du bol d'air longe une rue pavée où s'érige une église du douzième siècle, un monument restauré, classé, qui a ouvert ses portes aux amateurs d'art et d'histoire.

À l'entrée du bois, un écriteau invite les passants à découvrir un lieu enchanteur : *Maintes fois remodelé, le site bénéficie aujourd'hui d'une option d'aménagement qui préserve sa valeur écologique : bois de vieux saules, massifs d'épineux et de ronces, cognassiers, prairies fleuries, friches et bords de chemins odorants, mare aux batraciens, sous-bois rafraîchissants, petits potagers, verger, ruisseau. La pergola et les rampes de bois qui jalonnent le chemin sont réalisées en robinier.*

Sans oublier les petits pensionnaires comme la grenouille rousse, le colvert, ou le pic épeiche.

Ce havre de paix unanimement apprécié par les amoureux du calme et de la nature fait la Une des journaux depuis quelques jours. Sur le pont de bois qui surplombe la mare aux batraciens, plusieurs corps sans vie ont été découverts. Une bien étrange affaire que celle-là. Le *Nunc est bibendum*, nom du bistrot qui jouxte « le bois de l'enfer » ainsi surnommé par une presse avide de sensation, ne désemplit pas. La gargote est devenue le quartier général d'une foule de curieux, des journalistes et de la police.

« Ne cherchez plus le coupable ! À qui profite le crime ? Ben à moi, tiens ! » aurait

pu déclarer, avec son esprit frondeur, Pol, le patron du *bibendum*, un gros bonhomme jovial,
féru d'auteurs grecs et latins, à un point tel, qu'il
a donné à ses deux fils, issus d'un mariage heureux avec Hélène, les prénoms de Virgile et d'Homère. Drôlement accro, Pol !

Mais, l'homme n'a pas trop le cœur à
rire. L'hécatombe du petit bois l'affecte d'autant
plus que la première victime était un de ses
meilleurs clients : René Cuzan, dit *cul sec* ou,
pour parodier Lucky Luke, « l'homme qui levait
le coude plus vite que son ombre ». *Cul sec* culti-
vait un potager situé non loin du bistrot. Tous
les jours, vers dix-sept heures, il venait s'enfiler
quelques p'tits blancs en guise d'apéro, pendant
que son épouse, la patiente Adèle, l'attendait
pour le dîner.

« Allons donc, comment pourrait-elle
en vouloir à un homme si câlin, si attentionné,
qui n'avait pas hésité à délier les cordons de la
bourse pour lui offrir un four à micro-ondes...
fort pratique en somme pour réchauffer son repas quand il rentrait tard le soir, éméché... »

Le jour fatal, René était tellement
bourré, qu'il était repassé par le bois, pensant
que le bon air de l'endroit le ragaillardirait. En
fait de retapage, il fut retrouvé avec l'intérieur du
corps calciné, comme s'il avait inhalé un puissant insecticide par le biais d'un aérosol. Les cadavres suivants allaient présenter le même symp-
tôme.

L'os est particulièrement dur à ronger pour le commissaire Didier Leclebs car, il n'y a pas de lien entre les victimes qui se différencient tant au niveau de l'âge, que du sexe ou du statut social. Dans son bureau où s'entassent en piles compactes procès-verbaux et dossiers en attente, il médite sur l'opportunité qu'il a d'épater les hautes instances s'il mène à terme cette enquête difficile. Une occasion de redorer un blason quelque peu terni.

Mais, pour l'instant, les inspecteurs Mireau et Lelouche, qui le secondent, piétinent dans leurs recherches. Il les convoque d'urgence. Les mains croisées derrière le dos, il arpente le bureau de long en large. L'absence de résultats dans l'enquête lui donne une humeur de chien. Ces deux-là risquent de lui faire louper LE COUP de sa carrière.

L'aboiement n'est pas une exclusivité canine, le commissaire Leclebs en fait une démonstration éclatante :

« JE NE VOUDRAIS PAS ÊTRE À LA PLACE DE CE FILS DE P... LE JOUR OÙ IL TOMBERA ENTRE MES PATTES! »

Le ton est toujours agressif lorsqu'il s'adresse à ses subalternes :

« Alors, vous deux, quoi de neuf ?

— Euh... s'enhardit Mireau, nous avons un onzième macchabée sur les bras... ce matin...

— Quoi ! braille Leclebs, encore un ! Je suppose qu'il n'existe aucun lien, si ce n'est... »

Il s'interrompt, fusillant du regard un Lelouche penaud, qui avance timidement :

« ... Brûlé de l'intérieur ! Il s'agit d'un fonctionnaire, je vous rappelle que les autres...

— Oh, ça va, je connais la liste par cœur. Dites-moi, mes gaillards, faudrait peut-être enclencher le turbo... j'ai des comptes à rendre, moi ! Jusqu'à présent, pas le moindre indice, pas la plus petite piste. Vous passez votre temps à compter les morts... vous n'êtes pas engagés comme comptables !

— On fait ce qu'on peut, commissaire... répond Mireau, déconfit.

— Ce n'est pas assez ! »

Afin d'atténuer le feu de la colère de son supérieur, Lelouche intervient à nouveau. Son air de conspirateur fait penser à un joueur de cartes prêt à abattre un atout dans une partie tendue à l'extrême.

« À propos, Pol, le patron du bistrot, m'a signalé avoir entendu un curieux remue-ménage durant la nuit précédant la découverte du premier cadavre...

— Quoi ? Qu'est-ce que... pourquoi ne pas me l'avoir dit plus tôt ? s'irrite le chef.

— Ben, le gars ne s'est pas levé, il était trop fatigué. Donc, il a entendu, mais rien vu... il m'a cependant assuré qu'il y avait du monde dans le bois...

— Ouais, encore une fois, on n'avance pas ! » Leclebs continue de faire les cent pas en maugréant.

Lelouche insiste, tenant absolument à faire l'intéressant :

« Notez, commissaire, que je ne le sens pas vraiment ce gars-là. C'est un faux jeton. Il emploie des mots à double sens et s'exprime dans un jargon incompréhensible. M'étonnerait qu'à moitié qu'il ait des choses à cacher. Tiens, le jour où je l'ai cuisiné, je l'ai entendu causer en étranger à un de ses copains. Il parlait d'un client... qui était heureux d'avoir fait un grand voyage... un certain... Ulysse, je crois... ça, il l'a dit dans notre langue, c'est peut-être un indice... affaire à suivre ?

— Qu'est-ce que vous me chantez là ?

— Ben... l'Ulysse en question... c'est peut-être la clé de l'énigme... sinon pour quelle raison aurait-il parlé de lui dans un drôle de charabia ? D'abord, va falloir vérifier si c'est son véritable nom, ensuite...

— ... Assez de blabla, allez me surveiller ça de plus près... »

L'air s'est enveloppé des fragrances d'un printemps cédant volontiers au renouveau d'une nature en ébullition. Une résurrection qui contraste avec la mort rôdant dans les environs.

Les inspecteurs sont en faction, dans une voiture banalisée, près des entrées principales du bois. Ils communiquent au moyen de talkies-walkies hauts de gamme. Mireau au sud, grille une énième cigarette tandis qu'au nord, Lelouche se coule dans la quiétude ambiante. Il est tiré de sa léthargie par l'arrivée inopinée de Pol.

« Alors inspecteur, on s'endort dans les délices de Capoue ?

— ...?... Hein, qui c'est celle-là ? Et d'abord, que faites-vous ici ?

— J'éprouve le besoin de respirer un peu, *fessus sum laborando...*

— ...?...

— Mon épouse a pris le relais pour quelques instants. *Ex quo tempore ibi estis* ?

— Écoutez mon vieux, je ne comprends rien à votre baratin...

— C'est du latin. Une langue prétendument morte, pourtant...

— Ouais, ça suffit, dégagez maintenant, je bosse, moi !

— D'accord, d'accord... en fait, je voulais vous avertir, inspecteur, que, malgré les appels à la prudence lancés par les médias, j'ai aperçu deux jeunes gens pénétrer dans le bois... je ne voudrais pas qu'il leur arrive malheur...

— Y a longtemps ?

— Une bonne heure... j'espère qu'ils ne seront pas expédiés *ad patres...* je veux dire... j'espère qu'on ne les retrouvera pas morts, comme les autres !

— ... Ou morts... comme votre latin ! »

« Et toc ! Je l'ai mouché cette fois » jubile Lelouche.

Suzon et Charles-Ferdinand forment des projets d'avenir. En fin d'études d'option professionnelle, la belle se destine à la couture. Le jeune homme, issu d'un milieu bourgeois aisé, termine des études d'assistant social afin d'aider les plus démunis. L'attrait de l'inconnu le pousse vers cette voie.

Main dans la main, ils foulent le sentier de terre battue qui mène au pont de bois. Passant devant un cognassier, le garçon tombe en arrêt, admiratif.

« Oh, des coings ! J'en cueillais dans le parc qui ceinturait l'immense propriété de grand-mère... hum... j'en ramenais des seaux entiers pour qu'elle fasse des confitures. Bon sang, ils ont le même effet, sur moi, que la madeleine de... »

« ... Brel !... coupe Suzon, fière d'étaler ses connaissances.

— Mais non, de Proust, ma chérie. Charles-Ferdinand lui pose un tendre baiser sur les lèvres. « Cognasse » pense, en même temps, le petit pète sec en s'emparant d'un coing qu'il roule entre ses doigts.

« ... Il y a toujours un coing qui me rappelle...

— Ah ça, c'est Eddy Mitchell ! » dit-elle spontanément, certaine cette fois, de ne pas se tromper.

Leur balade les conduit jusqu'au pont où ils s'enlacent, perdus dans un océan de bonheur. Ensuite, accoudés sur la rambarde, ils admirent le magnifique spectacle qu'offre le soleil couchant qu'ils prennent à témoin pour susurrer les promesses éternelles.

Soudain, une odeur âcre se répand, devenant vite insoutenable. Elle provient d'un tuyau qui, tel le périscope d'un sous-marin, émerge du centre de la mare aux batraciens.

Cette pestilence provoque chez les tourtereaux des quintes de toux, suivies de vomissements. Les yeux rougis, ils portent la main à la gorge, la bouche grande ouverte comme pour mieux happer l'air, si nécessaire à la vie. Un air subitement devenu un ennemi mortel piquant, brûlant, tuant...

Suzon et Charles-Ferdinand s'affalent sur le pont et, aussitôt, l'odeur se dissipe dans la douceur de cette soirée printanière, en même temps que le tube disparaît au fond de la mare.

« Allô requin bleu... allô requin bleu... insiste Lelouche en hurlant dans son appareil.

— Voilà, voilà, pas de panique, je suis là, poisson d'avril... si on ne peut plus aller pisser en paix... que se passe-t-il ? répond Mireau, excédé.

— Le patron du *Bibendum* m'a signalé la présence d'un homme et d'une femme dans le bois... tu ne les aurais pas vus sortir ? s'inquiète Lelouche.

— Wabada bada, wabada bada...

— Tu te crois malin ?

— Si on peut plus détendre l'atmosphère...

— C'est vraiment le moment...

— Bon... cela dit, j'ai vu personne... y a longtemps ?

— Une bonne heure environ... »

Lorsqu'ils découvrent les corps de Suzon et de Charles-Ferdinand, les inspecteurs sentent une chape de plomb s'abattre sur leurs épaules, un sentiment d'impuissance les envahir. Rompus de longue date à affronter le pire, ils craignent cependant les foudres à venir du commissaire Leclebs.

« J'en connais un qui va être content... soupire Mireau.

— Tu parles » lâche presque en chœur Lelouche.

« Monsieur le Ministre vous attend » fait la jeune secrétaire de cabinet. Elle arbore un large sourire ainsi qu'un cardigan en cachemire.

Le Ministre de l'Intérieur, Jean Dorant, s'avance, une main franche tendue vers le commissaire Didier Leclebs.

« Monsieur le commissaire général de la PJ, bonjour !

— Euh... pardon, Monsieur le Ministre... commissaire tout court... balbutie le roquet.

La secrétaire s'éclipse, refermant la porte derrière elle.

« Comment donc ? Malgré vos états de service, vous n'êtes encore que commissaire... » Il se met à compulser sommairement un dossier épais qui repose sur un sous-main défraîchi.

« Il se paye ma tête, après les fleurs, je vais avoir droit au pot » pense Leclebs.

Sachant que l'attaque est la meilleure défense, il prend les devants.

« Au sujet de l'affaire du bol d'air, Monsieur le Ministre, nous sommes arrivés dans une phase dissuasive importante. Après cinq jours au cours desquels on ne pouvait plus compter les morts sur les doigts des... deux mains, j'ai décidé de modifier le système de surveillance. Les résultats se sont avérés au-delà de toute espérance : plus de maccha... euh... plus de cadavres sur les bras depuis quarante-huit heures... »

Le Ministre répond, évasif :

« C'est bien Leclebs, c'est bien. J'ai pris connaissance de cela dès mon retour d'un grand voyage dont je reviens très content... »

Le commissaire questionne à brûle-pourpoint :

« ... Comme Ulysse ? Monsieur le Ministre...

— ... Je constate mon cher Didier, vous permettez que je vous appelle Didier, que vous ne manquez point de références culturelles. »

L'autre, confus :

« Oh, vous savez, Monsieur le Ministre, je ne fais que mon boulot, c'est mon job de savoir... euh, vous permettez... une petite question... voyagez-vous toujours sous votre véritable identité ?

— Dites-moi, cher ami, je suis, me semble-t-il, soumis à un interrogatoire serré. Je ne vois pas où vous voulez en venir, quelle question saugrenue... bien entendu, je voyage toujours sous ma véritable identité, pourquoi en irait-il autrement ?... Qu'importe, je ne peux vous en vouloir de conserver constamment l'esprit en éveil. N'est-ce pas l'apanage d'un bon flic ? D'ailleurs, je pense que votre dossier se trouvera en ordre utile pour cette promotion au grade de commissaire général de la PJ... »

Le brave Leclebs n'en croit pas ses oreilles. Mais il est à cent mille lieues d'imaginer que le meilleur reste à venir.

Jean Dorant prend un air grave. Il pose les coudes sur son bureau et joint l'extrémité de ses doigts, signes annonciateurs qu'il se prépare à tenir un discours, une spécialité des gens de sa corporation.

« Didier... par votre occupation professionnelle, vous êtes bien placé pour savoir que nous évoluons dans un monde de brutes où le pouvoir et l'argent sont intimement liés. La guerre économique que nous livrons à d'autres nations fera un jour ou l'autre, c'est une certitude, des perdants. Il n'est pas question de nous retrouver dans la peau de ceux-ci. Évoluant dans un pays aux ressources naturelles limitées, pour ne pas dire inexistantes, il nous faut dès lors user d'astuces, d'esprit d'entreprise, de créativité... vous me suivez ?

— Tout à fait, Monsieur le Ministre...

— Alors, aussi paradoxal que cela puisse paraître, nous vendons la mort pour... garder la vie. » Il marque un temps d'arrêt afin de ménager ses effets, puis reprend :

« ... Des contrats sont en passe d'être signés avec des pays lointains où les dirigeants, très riches par la grâce des ressources naturelles dont le sous-sol de leur territoire regorge, sont confrontés aux nombreux problèmes inhérents à une surpopulation engendrant pauvreté et conflits ethniques... c'est de l'une de ces régions que je reviens. J'y suis allé négocier le nouvel équipement que nous venons de mettre au point. Restant en contact permanent avec le directeur de mon cabinet, celui-ci m'a tenu au courant de l'évolution des effets positifs de cette expérience capitale... mais je parle, je parle jusqu'à la déshydratation... Didier, désirez-vous boire quelque chose ?

— Non, merci, Monsieur le Ministre. »

Le flic se dit qu'il a bien affaire au prototype du politicien. Jean Dorant emprunte le chemin des écoliers au lieu d'aller droit au but.

Le Ministre se sert un verre d'eau qu'il vide d'un trait.

« ... Nous avons donc mis sur pied, avec la collaboration de nos plus éminents savants, un système d'élimination sournois, silencieux, mais terriblement efficace, qu'il fallait, bien entendu, tester. Pensez donc : la propagation d'un produit toxique qui ne laisserait aucune trace. Un de nos chercheurs, le professeur Hopplynus, a ainsi concocté un insecticide à l'échelle humaine dont voici la composition... »

Il tire un papier de sa poche sur lequel sont griffonnés quelques mots.

« ... Du dichlorvos, ester phosphoré avec action anticholoinestérasque et du chlorure de méthylène. Des techniciens de premier choix, je vous ferai grâce des détails, ont donc expérimenté cette arme redoutable dans le bois du bol d'air. La mise en place de ce système sophistiqué a duré toute une nuit. Un laps de temps de cinq jours s'avérait nécessaire pour vérifier l'efficacité du produit. »

Leclebs est atomisé.

« Enfin, Monsieur le futur commissaire général de la PJ... si, si, j'y tiens plus que jamais... sachez que j'ai exigé que cette enquête soit menée par vos bons soins. Je m'étais souvenu qu'un éditorialiste vous avait joliment défini en une formule : *fluctuat nec mergitur*... vous le champion incontesté des affaires classées sans suite... alors, une de plus ! N'ayez crainte, le bon peuple se lassera vite, comme toujours. Aujourd'hui, il descend dans la rue, demain chacun vaquera à ses occupations quotidiennes. Pour résister à la pression immédiate, dites que, comme pour l'assassinat d'Albert Loos, le président du parti de l'opposition, l'affaire suit son cours. Sur ce, au revoir et merci, Monsieur le futur commissaire général de la PJ... »

Didier Leclebs et Jean Dorant se serrent la main. Finalement, la fatuité du premier s'accommode plutôt bien de l'orgueil du second.

Vanitas vanitatum et omnia vanitas... dirait Pol.

L'ENVELOPPE BLEUE

Il a plu à seaux toute la nuit. Ce déluge n'est cependant pas la cause de son insomnie : l'homme, patron d'un abattoir spécialisé dans la volaille, n'a pas trouvé le sommeil parce que l'épuisante journée qui l'attend, en cette avant-veille de fête de fin d'année, le perturbe.

« Ils se sont tous donné le mot pour attendre le dernier moment » ronchonne-t-il.

Après être passées entre ses mains, des dizaines de dindes et de poulets vont se transformer en mets plus sophistiqués les uns que les autres pour satisfaire de gourmands appétits.

Finissant de nouer le cordon de son tablier blanc, il appelle, irrité :

« Jacques ! Jacques, où es-tu ? Dépêche-toi, il y a beaucoup de travail aujourd'hui, je n'ai pas de temps à perdre. Je vais partir. »

La femme tempère l'impatience de son compagnon.

« Il ne va plus tarder, il m'a promis de ne pas traîner en allant chercher le pain. Attends-le, sinon il risque de piquer une colère, tu le connais... et puis, penses-tu que ce soit un spectacle pour un enfant ?

— J'estime agir pour son bien en l'emmenant chaque fois avec moi, son caractère s'aguerrit, il s'endurcit. D'autre part, il doit libérer la violence qui est en lui et il en a, crois-moi... on peut déjà être certain que, plus tard, Jacques ne sera pas une mauviette... »

Elle l'interroge du regard, pas vraiment convaincue mais n'insiste pas, s'inquiétant en silence pour son fils, si différent des gamins de son âge. Plutôt que de rechercher la compagnie des autres gosses, Jacques préfère passer d'interminables heures dans l'ambiance morbide de l'abattoir en prenant un plaisir malsain à la vue des exécutions perpétrées, à une cadence infernale, par son géniteur. Un géniteur qui exerce sur lui, une mainmise sans partage.

Dès son retour, Jacques enfile ses grandes bottes en caoutchouc. Le chemin est embourbé. Au dehors, père et fils s'empliront les poumons de cette odeur de terre mouillée qui répand un parfum revigorant qu'ils aspireront sans modération pour mieux supporter les exhalaisons respirées jusqu'à l'écœurement tout au long d'une harassante journée de labeur... prouvant que les affaires, quant à elles, marchent plutôt bien. A un point tel que l'homme a l'intention d'engager deux nouveaux ouvriers au printemps prochain.

Trente ans ont passé.

Petit et ventru, Jacques Cordère aimerait tordre le cou à sa solitude. La perspective de l'avoir à ses côtés jusqu'à son dernier souffle pèse si fort, que ses larges épaules s'affaissent chaque jour un peu plus, lui conférant une silhouette voûtée, semblable à celle d'un vieillard.

Or, Jacques n'a pas encore atteint quarante ans. Un âge où, il l'a lu dans une revue spécialisée, l'homme atteint sa plénitude physique et mentale. Aussi, a-t-il décidé de mettre les bouchées doubles pour mettre un terme à sa vie de solitaire.

Ce soir, Jacques a rendez-vous. Il arpente, de long en large, le trottoir au pied d'un immeuble où se trouve le siège d'une compagnie d'assurances. Notre homme lutte contre une nervosité qu'accentuerait l'immobilisme.

Impatient mais surtout inquiet, il guette l'arrivée de cette femme contactée par l'intermédiaire d'une petite annonce trouvée dans le journal qu'il tient plié sous le bras :

Irma, 35 ans, veuve aisée, cherche homme seul entre 30 et 40 ans pour relations sérieuses. Situation stable, sympa, aimant les petits restaurants et la campagne.

Curieusement, aucun détail physique n'apparaît dans ces lignes.

« Bah ! Au diable le flacon, pourvu qu'on ait l'ivresse » se dit Jacques, conscient tout de même de ne pas se trouver dans les conditions pour faire le difficile.

La mention « aisée » ne le laisse, évidemment, pas indifférent. Parce que, tant qu'à faire, il préfère savourer un *Pommerol* au coin de l'âtre qu'un *Château La Pompe* auprès d'un vieux convecteur au gaz. Pour l'amour, on verra plus tard... avec le temps...

Une chose l'embarrasse : le goût prononcé de la dame pour la campagne. Quelle horreur ! Avec son cortège de moustiques et de bestioles plus répugnantes les unes que les autres. Sans compter l'insupportable odeur de purin. Non, très peu pour lui. Quel plaisir peut-elle éprouver à la vue de prairies interminables remplies de vaches, de moutons et de cochons ?

« Quoiqu'en ce qui concerne ces derniers... » songe-t-il en rougissant à cette pensée osée.

Jacques trouve le temps de plus en plus long et de plus en plus froid. Il décide alors de jeter un coup d'œil sur le journal dont la première page est consacrée au tueur de flics qui terrorise la ville ; celui qui tue les « poulets » en leur tordant le cou... mais, voici qu'elle apparaît, soudain, dans toute sa grâce.

Une silhouette fine et élégante, mise en valeur par la lumière blafarde que diffusent les lampadaires alignés sur le trottoir.

« Putain le flacon, du first class » se pâme Jacques.

L'inconnue traverse la chaussée et se dirige d'une démarche souple vers lui. Il se recroqueville. Relevant le col de son imper, notre amoureux transi enfouirait volontiers toute sa tête s'il le pouvait. Le rouge lui monte aux joues. Il voudrait fuir cet endroit. De plus, donner rendez-vous devant une compagnie d'assurances quand on en manque à ce point-là. Ah, comme il les envie, ces héros de cinéma, sûrs d'eux, parce qu'ils n'ont pas... le physique ingrat de Jacques Cordère, voilà tout.

« Monsieur Cordère ? Jacques Cordère ? » questionne l'arrivante en le dévisageant de ses grands yeux verts.

« Euh... oui... madame... »

Cette réponse de petit garçon « pris en défaut » agace notre homme qui, impressionné, juge déjà cette jolie veuve trop bien pour lui.

« Une fois pour toutes, Jacques, arrête de te ravaler ainsi ! Accroche-toi, vieux et dis-toi surtout, même s'ils ne sont pas apparents, que cette charmante créature a aussi ses imperfections, ses craintes, ses doutes... »

« Avez-vous un endroit de prédilection où l'on pourrait dîner et faire plus ample connaissance ? demande-t-elle, en le tirant de ses réflexions.

— Euh... oui... »

Ce rendez-vous capital a obsédé Jacques dès l'aube. L'estomac noué, notre homme n'a rien mangé de la journée. Il est, ce soir, aussi affamé qu'un top model se préparant à un défilé relevant de la plus haute importance pour la suite de sa carrière.

« Vous êtes garé loin d'ici ?

— ... En fait, oui... euh, je veux dire non... ma voiture est à l'entretien... nous allons prendre un taxi, à mes frais, bien entendu... »

Jacques Cordère ment, il n'a pas de voiture. Il le dira plus tard ou plutôt, non, il doit le dire maintenant pour ne pas entamer leur relation sur un mensonge. Il se ravise donc :

« En vérité, je n'ai pas de voiture, je...

— Il n'y a aucune honte à cela. Vous pensiez que j'étais une femme qui jugeait sur les apparences ? C'est vraiment cette impression que je donne ?

— Je... je n'en sais rien... je... je ne sais déjà pas parfois qui je suis...

— Intéressant ce que vous me dites.

— Ah oui ? Je... je vais héler un taxi, le premier qui passe... évidemment, suis-je bête... tiens, en voilà justement un qui arrive... »

En montant dans le véhicule, Cordère jette l'adresse d'un restaurant italien situé non loin de son lieu de travail.

Cet avantage psychologique du terrain connu apporte quelque assurance à notre homme. Une assurance renforcée par le «Bongiorno signor Jacques» de Santo, le garçon, lorsqu'ils pénètrent dans l'établissement. Si bien que, profitant de l'état de grâce du moment, Cordère choisit, sans hésitation, une table dans le fond, pour deux personnes, flanquée d'un gigantesque aquarium dans lequel dansent, en une sarabande harmonieuse, une vingtaine de poissons multicolores.

Mais, à peine installé face à Irma, voilà que le manque d'assurance rapplique au grand galop. Aussi, Jacques prie la jolie veuve de l'excuser un instant et s'engouffre dans les toilettes pour retarder un tête-à-tête qui le paralyse de peur. Dans ces conditions, comment établir un plan de séduction ? Déjà que l'imagination coince quand elle est intensément sollicitée dans un laps de temps trop court.

« Papa, je t'en supplie, aide-moi, que dois-je faire ? »

Jacques Cordère redevient subitement ce petit garçon tremblant devant un paternel dominateur qui n'imaginait pas le voir un jour devenir adulte et qui, dès lors, n'éprouva pas le besoin de l'entretenir des choses de la vie. Jacques n'a réussi à se soustraire de ce lourd héritage qu'à doses homéopathiques. Il est d'ailleurs toujours en traitement. Mais, ça va mieux, beaucoup mieux, hier encore, il n'aurait jamais osé répondre à une annonce...

Jacques se passe de l'eau sur le visage, réajuste sa cravate, remet de l'ordre dans sa chevelure clairsemée, cachée d'ordinaire sous une casquette à carreaux, et retourne prendre sa place en face d'Irma.

« Vous semblez connaître la maison, que me conseillez-vous ? interroge-t-elle.

— Des... ravioli à l'italienne, répond-t-il spontanément, ils sont succulents. Je peux vous donner la composition de la farce : 600 grammes de poulet cuit et désossé, 100 grammes de mortadelle, 100 grammes de jambon de Parme, 2 œufs, 1 oignon, 1 gousse d'ail...

— ... Parfait, vous m'avez convaincue, sourit-elle, puis, elle ajoute d'un air ingénu : 600 grammes de poulet... vous aimez le poulet ?

— Oh oui, je l'adore... pourquoi ?

— Pour rien, fait-elle, pour rien... »

La langue de Cordère ne se délie qu'à l'énoncé de sa recette de cuisine favorite car, pour le reste, son imagination répond aux abonnés absents. Le dîner, en effet, s'apparente à un round d'observation pour l'une, à l'incapacité d'engager la conversation sur le sujet le plus futile soit-il, pour l'autre.

Les regards se croisent; le plus souvent, ils se fuient. C'est au dessert qu'Irma rompt la glace... au moyen de la petite cuillère argentée qu'elle tient avec une élégance raffinée. Les deux boules, vanille et chocolat, arrosées de crème fraîche, servent ainsi d'amorce à un échange de propos sur lequel le plus audacieux des bookmakers n'aurait osé miser le moindre franc quelques instants plus tôt.

« Monsieur Cordère, suis-je la première femme dans votre vie ?» Elle penche la tête de côté comme pour mieux sonder son âme.

Jacques est décontenancé. Que répondre ? Tout est si compliqué... et cela depuis toujours.

Il toussote pour s'éclaircir la gorge et, d'une voix qu'il s'efforce d'affermir, il ânonne un « oui » presque inaudible, agrémenté d'un sourire de crétin.

À quoi bon révéler les rares tentatives amoureuses qui ont lamentablement échoué... à faire rire de lui ? Il n'est pas conseillé non plus d'avouer l'amour secret qu'il éprouve pour cette jolie brunette dont les passages sont guettés, le soir, avant le J.T. de 20 heures.

Se trémoussant au son d'un rythme latino-américain, la jolie brunette en question vante les mérites d'une marque réputée pour la qualité de ses pâtes. Jacques enregistre chacune de ses apparitions sur son magnétoscope pour les mettre bout à bout. Il peut ainsi voir défiler la publicité en boucle durant plusieurs minutes.

Bien qu'il fréquente les plateaux de télévision en tant que machiniste, c'est lui qui, notamment, fait clap dans les clips, Cordère n'a jamais eu le bonheur de croiser cette créature de rêve. C'est peut-être mieux ainsi... que peut-il espérer et que... dirait-il ?

Jacques se sent mal à l'aise. Il évite le regard d'Irma face auquel il se sent nu comme un nouveau-né. Une Irma qui n'arrête pas de le dévisager. Elle le domine, sans aucun doute. Que cherche-t-elle au juste ? Car à présent, voilà qu'elle demande son avis sur le tueur en série, celui qui tord le cou aux poulets. D'après un portrait dressé par les experts, il s'agirait d'un homme victime d'un père dominateur, traumatisé dès son plus jeune âge par quelque chose qui reste encore à définir.

Un père dominateur... tiens donc, ça lui rappelle quelqu'un. Et si elle pensait que c'est lui, Jacques Cordère, le tueur ? Cette réflexion produit, chez « le mal dans sa peau » qu'il est, un ascendant qui s'estompe vite pour faire place à l'indignation. Comment penser une telle chose d'un être aussi respectueux de la vie ? D'accord, ils se connaissent à peine, mais elle voit bien qu'il n'a pas la gueule de l'emploi, ça saute aux yeux, non ?

« Jacques, tu dis des bêtises, car si tous les tueurs avaient la gueule de l'emploi, le travail de la police serait grandement simplifié. La police ! Irma en fait-elle partie ? »

La sueur qui perle sur le front de Cordère le polit comme un miroir. Il a l'impression qu'au moyen de ce support, Irma prend connaissance de ses pensées... et qu'elle comprendra ainsi qu'il trouve regrettable d'aborder un thème aussi sordide dans le cadre enchanteur de leur première rencontre. Mais cela, il n'osera jamais le dire de vive voix.

Santo vole au secours de Jacques en proposant une grappa offerte par la maison. Voilà qui détend l'atmosphère. Notre homme l'avale d'un trait, en commande une seconde à laquelle il réserve un sort identique puis, une troisième.

Jacques n'a pas répondu à la question d'Irma au sujet du tueur. Par contre, les bienfaits de l'alcool commencent à agir et, comme cette femme lui plaît beaucoup, il fait preuve d'une audace dont il serait incapable dans un état normal :

« Je... je le reconnais, c'est... c'est moi l'assassin... et... et, pour mieux assouvir mes bas instincts, je... je vous propose de... de venir prendre un dernier verre... chez... chez moi... »

À son grand étonnement, Irma accepte sans sourciller.

L'homme se relâche à un point tel que, dans le taxi qui les ramène à son domicile, il prend quelques distances avec la bienséance en posant une main baladeuse sur le genou de la femme.

Prenant un faux air de reproche, celle-ci suggère à l'intrépide d'ôter sa grosse paluche de là.

Il obtempère non sans avoir mollement insisté. Mais, peu à peu, l'air frais, filtrant par la fenêtre entrouverte de la voiture, remet les idées en place et, Jacques voit sa témérité soudaine se dissiper avec les vapeurs de l'alcool.

Arrivé chez lui, il est tout à fait conscient. Conscient surtout qu'il ne peut tout de même pas boire chaque fois plus que de raison pour faire preuve d'initiative. Il doit bousculer sa nature s'il veut parvenir à ses fins. Jacques sait qu'une chance comme celle-là ne se présentera pas de sitôt. Il ne peut dès lors la gâcher.

Il prie Irma de s'asseoir dans un canapé confortable et actionne l'interrupteur d'une petite lampe posée sur un guéridon. Protégée par un abat-jour, cette récupération en provenance du décor d'un feuilleton populaire, apporte un bonus à l'ambiance. Et pour rendre celle-ci plus romantique encore, il met un CD, acheté la veille, qui diffuse les grands succès de Dean Martin.

« Madame Irma... que puis-je vous servir... vodka, porto, rhum, whisky ?...

— Je me contenterai d'une coupe de champagne...

— Ah, ça... je... manque de pot, je n'en ai pas... mais, attendez... je pense qu'il y a moyen de s'en procurer au night shop... en fait, c'est plutôt du mousseux... »

Ce contretemps le chavire, elle le rassure :

« Va pour le mousseux... je vais aller le chercher moi-même... un peu de marche après un copieux repas me fera le plus grand bien...

— Vous... vous n'avez pas peur... il fait nuit... le tueur...

— ... mais non, puisqu'il est ici, en face de moi ! Et puis je ne suis pas flic, je n'ai donc rien à craindre » balance-t-elle, un brin moqueuse.

Sur ces paroles, elle plonge la main dans son sac pour en ressortir une enveloppe bleue fermée qu'elle tend à Cordère.

« Ne l'ouvrez que lorsque je serai sortie. Dites-moi, où se trouve le night shop ?

— Tout au bout de la rue, vous ne pouvez pas le manquer » bégaie l'homme, intrigué par le pli qu'il retourne sans cesse entre ses doigts nerveux. Une étrange sensation le gagne.

« N'oubliez pas... ne l'ouvrez que lorsque je serai sortie ! »

Il croit percevoir une pointe de regret dans la voix d'Irma qui pose un baiser sur sa joue.

Sitôt la jolie veuve partie, Jacques se précipite dans la cuisine et s'empare d'un couteau. Avant de décacheter l'enveloppe, il songe à la chance qui est sienne.

Dans sa quête de trouver l'âme sœur, il vient de faire mouche. Bon sang, il y a des signes révélateurs : les regards incessants décochés dans sa direction au restaurant... la main qu'on demande, sans trop de conviction, d'ôter du genou... et puis surtout... Irma a émis le désir de boire du champagne. Ce délicieux nectar n'est-il pas approprié à la célébration d'un heureux événement ?

Enivré par les émanations d'un bonheur tout neuf, l'homme éventre l'enveloppe bleue d'un coup sec et découvre un texte impersonnel dactylographié sur une feuille A4 :

Cher Monsieur,

Je vous remercie pour l'excellente soirée passée en votre compagnie. Après un examen approfondi de votre charmante personne, j'ai le regret de vous annoncer que vous ne correspondez pas aux critères recherchés.

Veuillez dès lors me chasser de vos projets.

Bien cordialement.

Irma.

La sanction est impitoyable. Hébété, l'homme flotte en apesanteur dans les brumes d'une infinie désolation.

La police piétinait dans l'affaire du tueur de flics. Un personnel, par la force des événements, de plus en plus limité, une infrastructure insuffisante, ont alors insufflé au commissaire Albert Grosbon l'idée de lancer dans l'arène des voyantes extralucides. Ces dames joueraient le rôle de chèvres pour confondre un dangereux psychopathe qui terrorisait toute une population et, particulièrement, ceux qui étaient garants de la sécurité de celle-ci.

Madame Irma, une épée dans le domaine de la voyance, toujours munie d'une enveloppe bleue, a jugulé l'hémorragie au terme d'une dixième rencontre avec un homme seul qui, lorsqu'elle a commandé un poulet au curry, a été pris d'une colère subite, incontrôlable.

Le coupable, un dénommé Jacques Larder, était le fils du propriétaire d'un petit abattoir spécialisé dans la volaille. Dès son plus jeune âge, le jeune homme a été amené sur le terrain des exploits d'un paternel détenteur d'une autorité sans partage. Là, durant des journées entières, il voyait son géniteur tordre le cou aux poulets. Atteint d'un *syndrome gallinacéen irréversible*, caractérisé par une déviance lexicale étroitement liée au port de l'uniforme qui représente la discipline, donc l'autorité paternelle, il en a conçu une haine féroce, meurtrière, à l'égard de la police.

Quant à Jacques Cordère, il s'en est retourné à son amour chimérique. Il épie, chaque jour, juste avant le J.T., la jolie brunette qui vante les mérites d'une marque réputée pour la qualité de ses pâtes et compense sa solitude en se régalant de ravioli dont la dégustation l'a, un soir, sauvé de la suspicion qui planait sur sa personne.

LA SOLITUDE DU
VOLEUR DE FONDS

Je m'appelle A... non, désolé... je peux pas décliner mon identité. Mon statut de délinquant mineur m'interdit de jeter mon nom en pâture au public. C'est un privilège que je perdrai à ma majorité.

Petit-fils et fils d'immigrés analphabètes, le *no future* m'a été collé sur le dos à la naissance comme un tatouage indélébile. Ajoutes-y un délit de sale gueule et comprends, dès lors, mon choix, forcé, pour une vie aventureuse. L'école ? Ouais, je m'y planque de temps à autre, ça me repose des courses folles à travers les rues.

Je travaille en solo. Au moins si ça foire, je sais à qui m'en prendre. J'ai pas toujours pensé comme ça. Il y a un peu plus de deux ans, j'entrevoyais de créer une association lucrative avec Mouloud, un drôle de mec... un intello ! Alors qu'il se débattait dans une mouise pas possible, il refusa mon offre. Pire, il me balançait des phrases que je pigeais pas afin de me dissuader de m'engager dans la voie que la société m'imposait. Des trucs compliqués comme... attends que ça me revienne... ah oui : « Si tu vas là où on te désire pas, fais pas ce qu'on n'attend pas de toi... » Vachement profond, non ? Ce type de message m'éclairait sur le personnage : j'avais affaire à un illuminé doublé d'un couillon et si le virus de la couardise se propageait à la vitesse du T.G.V., il aurait pu revendiquer une place comme conducteur du Thalys. Hé, pas mal, hein, pour une « petite tête » ? J'avais rien à cirer d'un causeur que je risquais de traîner comme un boulet, fallait que je coupe les ponts. Ce fut un soulagement quand ses parents ont déménagé pour aller habiter très loin d'ici. Depuis, je n'ai plus de nouvelles de Mouloud.

Bon, j'arrête mon préambule pour te parler de mon job : le vol à la tire avec comme spécialité : l'arrachage de sacs des vieilles. Méfiantes... ou pas assez, elles se baladent souvent avec leur bas de laine. T'imagines pas les trésors qu'on peut découvrir dans une... mise à sac.

Attention, je suis pas une brute. Dans la mesure du possible, je veille à pas blesser mes victimes. Ça n'a l'air de rien pour vous qui me lisez, vautré dans un fauteuil, mais c'est tout un art.

J'ai connu qu'un dérapage. La malheureuse avait replié son bras, coinçant la lanière en son creux. Tu parles d'un cirque. J'ai traîné ma victime sur plusieurs mètres, l'horreur ! Elle gueulait : « Au voleur ! Au voleur !» Je rétorquais : « Ferme-la et lâche ton sac ou je te bute ! » Un vocabulaire viril, adapté aux circonstances. Dans ces moments-là, faut être direct, pas le temps de finasser en s'emberlificotant dans un discours pompeux. J'ai fini par mettre les bouts sans mon butin... y avait déjà deux rigolos animés de mauvaises intentions qui me filaient le train.

Ah oui, j'ai omis de le signaler, mais c'est une règle d'or : je bosse jamais dans mon quartier. Comprends-moi, j'ai nulle envie d'y ternir ma réputation.

Bon, assez causé, passons à l'acte, suismoi. Aujourd'hui, le loup sort de sa tanière. Je prends le tram pour chasser à l'autre bout de la ville et, pour l'occase, j'ai revêtu mon bleu de travail : un training *Puma* noir à bandes blanches, un passe-montagne de camouflage, des super *Nike* et pour le souffle, un chewing-gum qui me donne un style « bonne chique, mauvais genre ».

Je débusque ma proie qui s'engage dans une ruelle, semble-t-il, peu fréquentée. Elle trottine à pas menus, à mille et une lieues de se douter que je vais lui ravir en quelques secondes ce qui contient, peut-être, toute sa vie. Pourquoi je dis ça ? Je dois arrêter de trop gamberger, sinon j'agis pas, ce qui serait catastrophique pour mon business.

Mouloud disait : « Chaque mouton à sa place et les bêtes seront bien égorgées... » Ben oui, je te donne pas un scoop en t'apprenant qu'un voleur vole. Dans la jungle de cette ville, je joue mon rôle, c'est tout.

Y a pas à hésiter, mon pote, je dois m'élever socialement. Tu crois tout de même pas que je vais passer mon temps à écouter du rap ou à jouer au foot dans la rue jusqu'à l'âge de la retraite ? Hé, à propos... retraité de quoi au juste... comme footballeur de rue ? C'est pas une profession à ce que je sache. J'ai de l'ambition, moi ! Si la société a rien de mieux à me proposer, tant pis pour elle. Mais, crois-moi, quand j'en aurai mis suffisamment de côté, je le jure, je m'achèterai une conduite... intérieure noire avec des coussins blancs en cuir. Quoi, t'apprécies pas ma feinte ? L'humour est toujours le bienvenu, surtout quand la situation est tendue. T'as beau être rompu à la traque, ton taux d'adrénaline grimpe haut quand même à chaque fois, tellement t'es sur le qui-vive, les yeux devant, derrière, sur les côtés.

Voilà la vieille qui tourne le coin... de la ruelle. Je t'ai fait peur, hein ? Je fais de même. Prêt sur ses starting-blocks, le rapace va plus tarder à fondre sur la vieille taupe, bien centrée dans sa mire.

Merde, c'est quoi ce bordel ? Y a un taxi qui arrive en sens inverse, roulant au pas d'homme. Le chauffeur aurait-il surpris mon manège ? Mon copain R..., un autre mineur, s'est fait un jour attraper par un de ces cow-boys de l'asphalte. Le mec a pas hésité à le poursuivre avec sa bagnole, à brûler deux feux rouges et à le coincer contre un mur au bout d'un cul-de-sac. Le plus cocasse, c'est que le chauffeur de taxi... c'était son père ! Je te dis pas comment le pauvre R... a dérouillé.

Enfin, ça lui a permis d'éviter le juge de la jeunesse et toutes les tracasseries administratives. Depuis sa mésaventure, R... bouge plus une oreille et se rend tous les jours en classe.

En ce qui me concerne, je suis peinard, ça risque pas de m'arriver. Mon vieux est pas exempt de reproches, il fait comme moi, il vole. J'explique : il est en incapacité de travail mais, bosse en noir. Des bricoles peut-être, mais qui se transforment en preuves suffisantes et accablantes pour le déclarer hors la loi. Dans son cas « voler, c'est travailler... » Tu peux me faire confiance, je connais la loi sur l'assurance maladie de mon pays (je te signale que j'ai jamais mis les pieds à Mostaganem, terre de mes aïeux) et te la cite de mémoire : une personne qui émarge de la mutuelle ne peut exercer aucune activité axée sur la production de services ou de biens dont découlerait un avantage économique pour elle-même ou quelqu'un d'autre. Le fait que l'occupation soit occasionnelle ou exceptionnelle est sans importance. Le motif de l'activité ne joue aucun rôle. L'acquisition de revenus du fait d'une activité exercée pendant une période d'incapacité de travail est considérée comme un cumul frauduleux. Attends, j'ai pas fini : écoute ce qu'on doit entendre par « activités non autorisées », c'est tordu : pour la Cour, un ayant droit à une allocation, condamné pour une série de vols, a involontairement fourni la preuve d'une aptitude au travail (on dirait presque du Mouloud). Autrement dit : quand t'es déclaré malade, t'as intérêt à te tenir à carreau, à rester calfeutré sous la couette. C'est à te dégoûter de bosser... plutôt à te pousser au vol...

Revenons-en à ma filature, perturbée par l'arrivée inopinée du taxi qui, maintenant, s'arrête à ma hauteur. Pas de panique, en véritable pro, je dois rien laisser paraître. Je prends mon air le plus stupide, identique à celui que j'ai quand le prof me pose une question sur une leçon non étudiée la veille. Évitons aussi de sourire, le mien a piètre allure avec mes deux dents de devant cassées. Souvenir d'une querelle avec H..., un idiot qui m'a balancé son coude dans les gencives parce qu'il pensait que je baratinais sa nana. Quel blaireau ! S'il y a bien un truc qui me branche pas, ce sont les gonzesses. Du moins durant cette période où je bosse pour engranger du blé et qui me laisse pas le loisir de le dépenser en sorties, cinoches et autres pièges à fric. Parce que, pour satisfaire une fille, faut douiller.

Le chauffeur de taxi désire simplement du feu. Son allume-cigares est en panne. J'en suis quitte pour une bonne frayeur et lui passe mon briquet. J'en ai toujours un sur moi, bien que je fume peu... les clopes, je les mendie à droite, à gauche. Il y a toujours une bonne âme pour m'en refiler.

Le taxi disparaît et la vieille m'a, évidemment, pas attendu. Elle a pris du champ suite à mon arrêt forcé. Je force l'allure pour réduire la distance entre nous, me retrouve bientôt dans son sillage et juge l'instant propice à l'action. Je me serai pas offert une journée de chasse pour des pois chiches, je le sens. Mais, alors que j'ai plus qu'à tendre le bras pour m'emparer de son sac, je cale. Y a quelque chose qui va pas, quelque chose qui cloche. La mémé m'inspire pas confiance... en cause, ses chevilles que je mate depuis que j'ai repris ma poursuite. Je suis pas un spécialiste en gambettes, mais la vieille a pas des chevilles de vieille même si elle marche comme une vieille !

Et patatras, quand je me mets à observer ou à réfléchir, tout se complique dans mon cerveau et je bloque dans l'action. « Agir ou réfléchir, c'est à toi de choisir, car plus vite tu agis, moins tu réfléchis par contre, plus vite tu réfléchis, moins tu agis... » Une fulgurante pensée de Mouloud qui vient à mon secours. Arrivé à la hauteur de la vioque, j'attrape son sac et fonce à toute allure, droit devant moi. Elle sort un walkie-talkie de sa poche et prévient les flics... c'est une keuf qui jouait la brebis ou plutôt la chèvre. Bêêê ! Je préfère le mouton...

Voilà maintenant « Julie Lescaut » qui galope derrière moi, tantôt en actionnant son sifflet, tantôt en gueulant « Halte, police ! » Si tu me crois assez barjot pour m'arrêter et rendre l'objet du délit en disant « Pardon, madame, je ne le ferai plus », espère toujours ma poulette. Car je la devine gourmande, la flicarde ; en plus de l'argent du beur, elle veut le beur. Tiens, au fait, ce sac, vu le traquenard, il doit pas peser très lourd. Je me retourne et le balance dans les pattes de la fausse vieille qui s'étale sur le trottoir.

J'en profite pour reprendre haleine. Parce qu'ici, c'est pas comme au cinoche, tu cours pas des heures durant sans t'essouffler. Un bras vigoureux soulève une planche de la palissade contre laquelle je suis appuyé et me happe.

Je me retrouve plaqué au sol au bout d'un terrain vague.

Allongés, mon sauveur et moi admirons par-dessous les lattes en bois les guibolles de la femme flic, vraiment pas mal foutues pour une mémé. Une voiture de police s'arrête à sa hauteur. Après un bref conciliabule, la bagnole démarre, emmenant avec elle, l'obsédée du sifflet.

Mon bienfaiteur et moi, nous nous redressons. Je veux le remercier de m'avoir tiré d'un mauvais pas mais, manque de m'étrangler en reconnaissant... Mouloud ! Purée, comme il a grossi ! « T'as vu comment t'étais et comment t'es devenu, dis ? » On dirait un gros rahat-loukoum. J'apprends qu'il est devenu éducateur de rue et qu'il compte me mettre en contact avec Nordine, un de ses collègues qui bosse dans mon quartier. Non, mais, de quoi je me mêle ? Je suis un individualiste, moi, j'ai pas l'esprit d'équipe. Qu'est-ce qu'il veut ?

La liberté conditionnelle dans une arrière-cour désaffectée... les centres d'occupation (faut une âme de collabo) transformés en lunaparks... et quoi encore ?

Je veux rester libre de mes mouvements. Libre comme l'air ou comme l'oiseau qui vole... « et termine sa course dans une cage »... merci de me le rappeler, Mouloud, toi qui me parles de moralité. Laquelle ? Celle qui te dit d'écraser toute ta vie ? Celle qu'il me faut accepter parce que je ne suis pas bien né ? Attends, je t'assure que je ferai pas « voleur à la tire » toute

ma vie... combien de temps cela va-t-il encore durer ? Je sais pas, patience... par contre, ce que je
peux certifier, c'est qu'une fois que j'aurai amassé
assez de tunes grâce à mon habileté et en dépit
de l'inégalité des chances dans ce fichu monde
de pourris, je me referai une virginité.

En attendant, comme disait je sais
plus qui (peut-être toi, Mouloud...) : « Quand on
a tout ce qu'il faut pour perdre, c'est pas facile
de gagner... »

CHERCHEZ LA FAN

Attention, toute ressemblance avec une personnalité tragiquement disparue du show-business n'est pas à exclure. Un rapprochement étroit, même serré, peut être fait sans que je n'y voie le moindre inconvénient.

L'univers du spectacle est peuplé de requins. Beaucoup d'artistes se font croquer, quelques-uns échappent aux terribles mâchoires. Ils ne sont pas tirés d'affaire pour autant ! L'implacable fatalité prend souvent le relais des méchants squales, soit sous l'apparence d'une applique défaillante, soit sous celle d'un transistor en équilibre instable sur le rebord d'une baignoire, pour frapper durement les intrépides rescapés.

C'était un dimanche, les cloches sonnaient. Se joignant au concert de sons discordants, l'ambulance, toutes sirènes hurlantes, démarre en trombe, poursuivie sur plusieurs mètres par un essaim de jeunes filles aux yeux rougis.

Ces visages défaits par le chagrin annoncent le temps des pleurs ; Claude Lambert, le plus populaire des chanteurs populaires, vient d'effectuer une ultime et gracieuse pirouette au bout de laquelle, il a plongé dans le néant. Sa dernière compagne de fraîche date l'a découvert inerte, électrocuté dans sa baignoire. Malgré l'intervention rapide des services de secours, le coeur de celui qui en a fait palpiter tant d'autres, s'est arrêté de battre.

La Camarde se montre ainsi impitoyable pour le plus souple et le plus bouillant des chanteurs en cette merveilleuse journée printanière d'un mois d'avril où, pour la saison, tous les records de chaleur sont battus.

Devant cette générosité de Dame Nature, le détective Gilles Padelou, les manches de chemise retroussées, jette sa veste sur l'épaule.

Spécialiste des affaires inhérentes au milieu artistique, notre homme se pointe aux environs de neuf heures et quart au numéro six de l'Avenue du Rossignol, la résidence de feu Claude Lambert.

Le nombre de badauds en détresse a augmenté depuis l'annonce de la terrible nouvelle; aussi, Gilles éprouve mille difficultés à se frayer un passage pour gagner la grille d'entrée qui donne accès à la propriété de l'idole.

Planté comme un poireau devant ce qui est devenu un sanctuaire, un vigile toise la foule de ses petits yeux féroces. Il fixe Padelou avec méfiance avant de lui jeter à la face un peu amène « Que voulez-vous ? » et se radoucit à peine lorsque le détective décline son identité. Après maintes palabres, Gilles vainc la réticence du cerbère qui l'autorise à pénétrer dans le parc.

Une plantation de magnolias remplit l'air d'une odeur forte et des oiseaux piaillent sur les branches des arbres en fleurs. Difficile d'imaginer que la mort a eu l'indécence de s'immiscer dans un tel contexte de couleurs et de joie, véritable hymne à la vie où l'on respire, dans le silence, la paix et le bonheur.

Le détective, perdu dans ses pensées, atteint une grande maison au bout d'une allée. Il n'a pas exécuté trois pas dans un hall sobrement décoré, qu'une voix teintée d'ironie le cueille à froid. En provenance d'un escalier en colimaçon, elle gouaille :

« Et voilà Sherlock Holmes en personne qui vient ajouter son grain de sel dans une affaire classée ! Désolé, vieux, mais, ici, y a rien à se mettre sous la loupe.

— Tiens, tiens... l'inspecteur Rimbeau... je vous croyais sur la touche pour le compte... rapport à votre goût prononcé pour la poudreuse » raille Gilles pour, ensuite, adopter un ton neutre :

« Claude Lambert m'a filé un rencard aujourd'hui, à neuf heures. Il se sentait menacé mais ne désirait pas en dire davantage au téléphone.

— Mouais... si tout cela est bien exact... on peut dire que le destin a donné un fameux coup de pouce à l'agresseur potentiel en lui évitant d'avoir du sang sur les mains, ricane Rimbeau.

— Au fait, inspecteur, comment est-il mort ? Car je crains qu'il le soit...

— Ah ça ! Tout ce qu'il y a de plus mort... un poste de radio posé inconsciemment sur le rebord de la baignoire l'a pris pour Monsieur 100.000 volts et a fait plouf à l'instant où notre homme faisait des grosses bulles et jouait au sous-marin. »

Rimbeau se prépare à quitter les lieux, Padelou le retient.

« Dites-moi, comme ça entre quat' z' yeux, ne trouvez-vous pas cette distraction aux antipodes de l'esprit méthodique de Claude? Ne pensez-vous pas qu'une main criminelle ait poussé l'appareil dans l'eau ? »

L'inspecteur rétorque, excédé :

« Allons, allons, cher ami, vous lisez trop de romans policiers ou vous regardez trop de films à la télé. »

Gilles s'obstine :

« Était-il   seul   au   moment   du drame ? »

Rimbeau a le regard mauvais.

« Sa énième petite amie, exempte de tout soupçon, était présente dans la bicoque à l'heure de l'accident. Alertée par les cris de Lambert, elle s'est précipitée dans la salle de bains, mais il était déjà trop tard. »

Le détective ne désarme pas :

« Pourquoi affirmer d'emblée l'innocence de cette jeune femme et, d'abord, qui est-elle ? »

Au bord de l'explosion, l'autre s'impatiente :

« Bon, écoutez vieux, je vais encore répondre à cette question et puis, basta, je n'ai pas que cela à faire. Je dois livrer les conclusions de l'enquête à mon supérieur... la fille se nomme

Alexandra Pattison. Son père est un riche indus-
triel américain qui a fait fortune dans la vente de
cacahuètes. Il y a quelques années, il s'est présenté, sans succès, sur la liste des Démocrates lors
des élections présidentielles... pour l'instant, la
gamine est en état de choc. On lui donne des
calmants. »

    « Pauvre petite fille riche » songe Pa-
delou, jugeant préférable de ne plus insister car
Rimbeau frise l'apoplexie.

    Les deux hommes, on le devine, ne
passeront jamais leurs vacances ensemble bien
qu'ils prennent congé l'un de l'autre en même
temps, sur le perron de la somptueuse demeure.

    Se tenant en retrait à l'ombre d'un
saule pleureur, une grande rouquine aux yeux
verts lance un regard interrogateur à l'adresse de
l'inspecteur Rimbeau qui la rassure d'un geste
discret de la main. Perdu dans ses pensées, Gilles
passe près d'elle sans lui prêter attention. Dès
lors, il ne peut voir le sourire déplacé, vu les circonstances, illuminant le visage de l'énigmatique
créature.

    Miss Felicity Gray présente toutes les
caractéristiques de l'Anglaise bon teint à l'an-
cienne. On l'imagine volontiers, vivant dans un
cottage fleuri dans la banlieue londonienne mais,
elle a préféré fuir le Thatchérisme aux conséquences néfastes pour tenter l'aventure sous des
cieux plus cléments. Adieu Picadilly, porridge et

Christmas pudding, bonjour les bouffeurs de cuisses de grenouilles, bonjour la France !

Dès son arrivée dans l'Hexagone, elle effectue divers travaux, sans grand intérêt, jusqu'au jour où elle tombe sur une petite annonce qui aiguise la curiosité d'une digne compatriote de Sir Arthur Conan Doyle et d'Agatha Christie :

Gilles Padelou – détective privé – cherche secrétaire – pas de salaire fixe – payée à l'affaire...

Miss Gray est engagée après une courte période d'essai. Ordonnée à l'extrême et cartésienne à souhait, malgré ses origines, elle possède les qualités requises pour l'exercice d'un tel job. Elle commence par confectionner des press-books sur les stars du show-business. Ils serviront de référence aux démarrages de certaines enquêtes.

C'est donc sans problème que Gilles met la main sur celui que sa secrétaire a consacré à Claude Lambert, son intuition persistant à l'empêcher de croire à une disparition aussi stupide. Histoire de bien digérer la brique qu'il va se farcir, Padelou se sert une rasade de *Jeannot le marcheur.*

Avant de potasser les documents narrant les étapes et les péripéties d'une vie hors du commun, le détective allume son téléviseur pour prendre connaissance des dernières nouvelles.

Un journaliste, l'air sombre et grave, est posté en faction devant la propriété de

Claude Lambert. Le brave homme débite la traditionnelle litanie pontifiante où les superlatifs se bousculent à une cadence effrénée. Retournant le couteau dans la plaie avec un acharnement qui frise le sadisme, il évoque d'un ton monocorde les nombreux projets de l'artiste qui ne verront jamais le jour, augmentant regrets et chagrins auprès de fans inconsolables.

Des chevaux de frise malmenés et un service d'ordre débordé contiennent difficilement les groupies écrasées de douleur. Face à une telle débauche de décibels, les cris et les plaintes des pleureuses du Portugal s'assimilent à des chuchotements de confessionnal.

Des personnalités de tous horizons tiennent à témoigner leurs marques de sympathie et de respect à l'adresse du chanteur adulé.

Miss Gray entre dans la pièce et s'écrie :

« Oh, my God ! It's crazy!... Hum... on n'avaiye plou viou cela depouis la mort du King !

— Ah... you are there, Miss, how are you ?

— Very good, thank you. » L'arrivante pointe l'index en direction de l'écran, désignant l'inspecteur Rimbeau, prêt à répondre aux questions du journaliste.

« There... hum... Mister Rainbow and à côtei de loui... hum... »

Attentif, Gilles l'écoute, sachant qu'il ne sera pas déçu.

« ... Belinda Dekok... la... hum... grande rouquine aux yeux verts. C'est... hum... la rédactrice en chef de *Paillettes*, the magazine edited by Claude Lamberte. Il y a un an passé, elle a... hum... héritaye de la fortuoune de son père, Bésil Dekok... mort d'une overdose dans sa baignoire. En ce temps, c'étaye l'inspector Rainbow qui avait... hum... drivé l'enquête...

— Mouais, Rainbow, like you say, knows many problems with the powder. »

— Exactly... fort ambitious, Belinda Dekok... hum... dirige avec fermetei le monthly dont elle est chief. Recently, elle a eu les honneurs d'une interview dans un... numérow de *L'économiste*. A travers ses... hum... propows, on pouvaiye décelaye des reproches vers le... hum... chanteuwr. Attendei, je dois... hum... retrouvei cet artikel. »

Elle s'empare du press-book posé sur les genoux de Padelou et le feuillette.

Tout en l'écoutant, le détective est attentif à ce qui se passe à la télé. L'inspecteur Rimbeau a maintenant le micro sous le nez.

« Hold ! Here is the roller of mechanicals who brings back his strawberry » s'esclaffe Gilles.

Prenant une figure de circonstance, Rimbeau donne sa version, devenue officielle, de la mort de l'artiste. Elle ne change pas d'un iota de celle donnée à Padelou qui en arrive à perdre son flegme devant tant de suffisance :

« You have said it puffy ! Here is a work patched up. More zero, you die... how can we conclude so quick ? It's impossible... »

« I beg your pardon ? demande Felicity qui a trouvé ce qu'elle cherche.

— Oh nothing, Miss, I talk to myself. I listen to you, now » s'excuse le détective.

Felicity regarde Gilles, perplexe. Elle s'est habituée aux traductions littérales de son patron et lui sait gré d'accomplir cette démarche plutôt sympathique, n'osant dire qu'elle préférerait qu'il s'exprimât dans sa langue maternelle... elle lit à haute voix :

« ... Claude Lamberte est oune artiste, pas oune businessman. Je dois loui rappelei régoulièrement qu'on ne dépense pas deux francs quand on n'en possède qu'oune en poche. A cauwse de cela, des frictions naissent entre nous. Les tensions sont de plous en plous fréquentes. Loui, c'est le show, moi, le business... l'image d'oune artiste est capitale. Il doit créer l'évasion, le rêve. Il ne fauwt pas décevoir le poublic, ni descendre au-dessous de la barre fixei, si haute soit-elle. Je ferai tout pyour le maintenir au top... voilà, j'aye finished... »

Padelou se ressert un verre qu'il avale d'un trait, se lève ensuite, s'étire, éteint le téléviseur et prend une décision ferme :

« Thank you Miss Gray. Today I am broken, I went out all over the night, but tomorrow, I'll make a little trip to the magazine *Paillettes.* »

Depuis qu'ils ont fait parler leur émotion respective devant l'œil de la caméra, Belinda Dekok et Paul Rimbeau ne se sont pas quittés. Le lendemain, on les retrouve dans la voiture de la rédactrice en chef de *Paillettes*. Ils roulent longtemps sans échanger le moindre mot. Les comparses peuvent ainsi entendre les deux cents chevaux du moteur huit cylindres en V.

La pendule vient de s'arrêter sur midi, à ce moment très précis, la grande rouquine aux yeux verts avise un petit coin perdu, très loin de la ville. Elle gare le véhicule le long d'une route sauvage sous un ciel tranquille.

L'inspecteur n'est pas à l'aise devant l'air grave qu'arbore la femme et cet arrêt inopiné renforce ses craintes. Tout cela n'augure rien de bon. Aussi, juge-t-il opportun d'y aller d'un résumé succinct et réconfortant de la situation :

« Voilà ma chérie, vous avez obtenu ce que vous vouliez... une mort au-dessus de tout soupçon... qui assurera la pérennité de l'artiste et de son œuvre. Quelque chose me dit que la vente de disques de Claude Lambert va augmenter de manière considérable... ainsi que le tirage de *Paillettes*. Heureuses perspectives en matière de marketing, pas vrai ? Mais... euh... n'oubliez pas mes honoraires ainsi que ceux du médecin légiste. A cet effet, j'ai conseillé à ce brave homme de se rendre à votre bureau dans le courant de cet après-midi.

— Pas si vite, Paul... il reste un problème à régler... celui de ce détective dont vous
m'avez parlé...

— Padelou ? Je m'en occupe...

— J'envie votre assurance... mais ne
m'avez-vous pas dit qu'il est plutôt du genre tenace ? Je vous rappelle que Claude, très soupçon-
neux, l'a contacté peu avant sa mort.

— Et alors ? Tout le monde sait que
les artistes sont régulièrement en proie à des
crises de paranoïa... mais... que... que faites-
vous ? »

Belinda Dekok a sorti un revolver de
la poche intérieure de sa veste. Elle dirige le canon muni d'un silencieux en direction du flic
avant d'éructer, le regard mauvais :

« Non, mais qu'est-ce que tu crois,
pauvre pomme ? Tu as eu mon corps, mais mon
cœur, comme le lundi au soleil, c'est une chose
que tu n'auras jamais. Malgré de nombreux
désaccords, Claude reste l'unique amour de ma
vie. Il m'appartient pour toujours à présent. Je
l'ai soustrait à l'emprise de cette petite garce
d'Alexandra Pattison... il était obligé de nouer
des aventures avec toutes ces filles. Chacune
nourrissait ainsi l'espoir que son tour viendrait.
Malheureusement, l'amerloque semblait avoir
mis le grappin dessus pour de bon... maintenant,
Claude connaîtra une carrière posthume encore
plus formidable que celle qu'il a connue de son
vivant. De là-haut, il sera fier de moi... quant à

179

toi, misérable plouc, je suis désolée... mais tu en sais trop et tu ne m'es plus utile...

— Mais je... je t'aime, ma chérie ! Je t'en supplie, par pitié, ne fais pas ça ! » L'inspecteur Rimbeau est aux abois.

La grande rouquine aux yeux verts, inflexible, maintient le policier en joue, prête à tirer.

« Je te le demanderais à genoux si je le pouvais, stop !... Stop, au nom de l'amour avant qu'il ne soit trop tard » sont les derniers mots de l'inspecteur.

Deux bruits sourds, semblables à ceux provoqués par des bouchons de bouteilles de champagne qu'on fait sauter avec précaution, font s'écrouler le malheureux dont la tête s'écrase sur la boîte à gants.

Belinda Dekok extrait le corps pantelant de la voiture qu'elle laisse choir sur le sol. Elle efface ensuite les traces de sang qui peuvent la compromettre.

Quand elle en a terminé, la rédactrice en chef de *Paillettes*, un brin poétesse à ses heures de détente qu'elle a facile, marmonne cette épitaphe au ripou :

« Les parfums ne font pas frissonner sa narine; il dort dans le soleil, la main sur sa poitrine, tranquille. Il a deux trous rouges au côté droit. Adieu Rimbeau ! »

Il est un peu plus de quatorze heures lorsque Padelou franchit la porte de la maison d'édition *Paillettes*, située dans une rue perpendiculaire à l'Avenue du Rossignol.

La maîtresse des lieux est absente. Un déjeuner d'affaires, paraît-il, qui se prolonge. Cela fait bientôt dix minutes que Gilles se morfond dans un petit salon, le nez tantôt plongé dans une revue, les yeux tantôt rivés sur les portes du fond. Sur l'une, peinte en vert, s'étale le mot bureau, sur l'autre, d'un jaune criard, se détachent les lettres W.C.

Le désir de fureter, dans l'espoir de découvrir un indice battant en brèche la thèse de l'accident idiot, tenaille notre détective. Il pousse la porte verte qui n'offre aucune résistance et atterrit dans un lieu consacré à l'entière dévotion de Claude Lambert. Au même instant, quelqu'un s'introduit dans les W.C. à son insu.

Gilles est entouré d'armoires-vitrines où sont classés dans l'ordre chronologique, des dizaines de press-books consacrés à l'idole ainsi que de nombreux livres retraçant sa prestigieuse carrière. Des posters et des affiches de l'artiste ornent des pans de murs. Au milieu de la pièce, des sièges ceinturent une table encombrée de papiers divers. Le détective se prépare à jeter un oeil sur cette paperasserie, quand la porte s'ouvre, laissant paraître un petit homme chauve, bigleux, arborant un superbe noeud papillon, trop grand pour lui.

L'intrus, fort nerveux, la sueur perlant sur son front, ne peut masquer sa surprise à la vue du fureteur.

« Ce gars-là n'est pas droit dans ses baskets » observe Padelou.

« Je... euh... vous êtes un ami de Paul ? Questionne, timidement, l'inconnu.

— Oui... » Gilles joue le jeu.

Le bigleux, prenant confiance, s'enhardit :

« ... Je me présente... Oscar Faidherbe... médecin légiste... je viens pour... »

Poussé avec violence dans le dos, le nabot n'a pas le temps d'achever sa phrase. Il s'étale de tout son long aux pieds du détective.

La silhouette de Belinda Dekok se découpe dans l'encadrement de la porte. Triomphante, elle tient les deux hommes en joue avec un revolver :

« Messieurs, vous ne pouviez pas mieux tomber... je vous cherchais !

— Mademoiselle Dekok ! Vous ne pouviez pas mieux tomber, je vous attendais ! rétorque Gilles.

— Nous étions donc faits pour nous rencontrer » ironise la grande rouquine aux yeux verts dont le visage se durcit :

« Que cherchez-vous au juste ?

— Oh... une preuve... un indice qui infirmerait la conclusion bâclée de la mort de Claude Lambert... répond Padelou.

— Vous êtes tenace, monsieur le détective. Ne vous donnez cependant pas tant de mal... j'ai l'intention d'éclairer votre lanterne... avant de vous convier à une jolie petite balade avec le minus, elle désigne Faidherbe, de laquelle vous ne reviendrez pas... »

« Je m'en doute... mais vous ne vous en tirerez pas comme cela, crâne Padelou qui ne sait pas du tout comment il va pouvoir se tirer de ce guêpier.

« Ne soyez pas mauvais perdant, Monsieur le détective. Quand la police découvrira vos corps et... celui de Rimbeau dont j'ai déjà réglé le compte... elle pensera que vous avez surpris l'inspecteur et le médecin légiste, deux accros à la cocaïne, en pleine séance. Une altercation s'ensuit, elle tourne mal et vire au carnage. » La rédactrice en chef de *Paillettes* est prise d'un rire nerveux.

« Un peu simpliste, non ? J'attendais mieux de votre part ! »

Belinda Dekok élude la remarque de Gilles et entame sa confession car le temps presse, elle a hâte d'en finir :

« ... Ces derniers temps, Claude était si obnubilé par l'amour qu'il éprouvait pour la jeune Pattison qu'il en négligeait son métier. L'idée que cette idylle pourrait lui offrir une merveilleuse rampe de lancement Outre-Atlantique ne l'effleurait même pas. Au contraire, il comptait mettre sa carrière en sourdine pour se marier et partir en voyage de noces à Alexandrie avec Alexandra. Ce refrain, que ne me l'a-t-il suriné. Je ne pouvais souffrir davantage une aussi désolante attitude. Surtout quand je pensais au travail de fourmi qu'on avait effectué pour qu'il accède à une telle notoriété. Je devais sauver la situation... alors, la lumineuse idée d'une mort prématurée en pleine gloire a germé dans mon esprit. Je me suis souvenue de l'existence de l'inspecteur Rimbeau, qui avait enquêté sur la disparition stupide de papa. Une fois l'association scellée avec ce ripou, amateur de coke, nous n'avons eu aucune difficulté à mettre sur pied une diabolique mise à mort qui revêtirait la forme d'un banal accident.

En effet, Claude avait la détestable habitude de poser un poste de radio sur le rebord de sa baignoire. Très angoissé de nature, il ne dédaignait pas, à l'occasion, de se faire une ligne. Il suffisait de tripler la dose. Défoncé comme on désirait qu'il le soit... il ne faudrait qu'un geste inconsidéré, fatal... pour que le poste bascule dans l'eau au moment où il prenait un bain. »

Son aveu terminé, la grande rouquine aux yeux verts hurle aux deux hommes :

« À présent, suivez-moi ! »

Mais soudain, une voix s'élève derrière elle, ordonnant à son tour :

« Follow me too... »

C'est Felicity Gray qui la tient en joue au moyen de l'arme de Padelou !

« But finally, Miss Gray, how did you guess ? » Gilles fait les cent pas dans le living cossu que sa secrétaire a décoré d'une façon très British.

« Il n'y a... hum... pas de mystère, Mister... seulement... hum... l'intuition... je sentaye oune grand danger... vous êtes parti précipi... hum... quickly, en oubliant votre arme... je vous aye suivi. Cachéye dans les toilettes pendant que vous fouill... étieye dans le bureauw, j'aye... attendiou qu'elle vienne, pouis... hum... crache le morceauw, comme vous dites, avant d'intervenir.

— Thousand thanks... Felicity... I am proud of you !

— C'est rien, Mister... quand on... hum... aime son job... et voue... à son boss... hum... une véritabel... dévotion ?... Hum... c'est comme ça qu'on dit, je crois... hum... coffee, Mister ? Je viens d'en prépareye.

— Oh yes, certainly ! »

À présent, calé dans son fauteuil, le détective, parcouru par un frisson fugace, se demande, impressionné par l'amour immodéré de Belinda Dekok pour Claude Lambert, jusqu'à quel point Felicity l'apprécie !

Avant de remplir les tasses, Miss Gray reclasse le press-book de l'artiste.

« Et voilà... hum... on pyourra dire plous tard que cette année-là... hum... y avaye le printemps qui chantaiye mais plous pour oune chanteuwr de chansons popoulaires. »

La sonnerie du téléphone extirpe Gilles Padelou de sa somnolence. Il a fort mal au

crâne : l'alcool... la lassitude... l'angoisse... se mé-
langent pour former un dangereux cocktail.

« Allô... Gilles ? C'est Claude Lambert ! J'espère que tu ne m'as pas oublié...

— ... Non... j'y pensais justement... le
temps de m'habiller et j'arrive ! »

L'homme n'a pas retrouvé ses esprits
et parle d'une voix pâteuse.

« Te presse pas, tu as toute la journée
pour te préparer... c'était simplement pour m'assurer que je pouvais compter sur ta présence ce
soir...

— ... Ah ? Ne désirais-tu pas me rencontrer ce matin ? Aux environs de... » Il regarde
sa montre, il est déjà huit heures. Lambert, intrigué, l'interrompt :

« Tranquillise-moi, ça va ? Tu es en-
core en crise... si, si, je sais, j'ai eu le docteur
Faidherbe au téléphone... il est passé te voir... tu
l'as envoyé promener. Je t'assure pourtant qu'il
est le seul à pouvoir t'aider... davantage que
Johnnie Walker...

— ... Oui... euh... non... probable-
ment... enfin, je ne sais plus... mais, que signifie
ce tintamarre autour de toi ? s'inquiète Padelou.

— Comme d'habitude, tu détournes la
conversation quand je te bouscule. Tu ne reconnais donc pas le son des cloches ? Elles doivent
souvent résonner dans ta tête pourtant...

— ... Et la sirène de l'ambulance...

— Oh ! Un accident stupide... le voi-
sin a été retrouvé mort, électrocuté dans sa bai-

gnoire... mais tout cela est sinistre.... bon, alors, je compte sur toi pour...

— Tu vas me trouver indiscret, mais comment s'appelle ton voisin ?

— Basile Dekok... ou plutôt, De Coke, vu son goût prononcé pour la poudreuse. M'étonnerait pas que ce soit le motif de son décès... bon, passons, je ne vois pas l'intérêt... »

Padelou ne sait plus très bien où il en est. Il a l'impression d'être en possession de toutes les pièces d'un puzzle mais est incapable de les assembler.

« Excuse-moi, pour l'instant, je me mélange un peu les pinceaux... trop d'affaires en même temps... faudra que je demande à Miss Gray... »

Lambert s'esclaffe :

« Alors là, mon pote, tu es complètement dans le brouillard... Miss Gray est décédée l'an dernier. Cela fera juste un an demain...

- Pas possible... je veux dire... qu'il y ait déjà un an... »

Il se rend à l'évidence en voyant le désordre indescriptible qui règne dans son appartement.

« Eh oui, le temps passe vite... je dois te laisser maintenant. J'ai encore des coups de téléphone à donner pour la réception de ce soir...

— Attends, Claude... » Gilles ne connaît toujours pas la raison de l'invitation lancée par l'artiste.

« Afin d'éviter le pire... parle-moi, maintenant, de la cause de ton inquiétude.

— Quelle inquiétude ? Alors là, pé-père, je me fais vraiment du souci pour toi... le pire, comme tu dis, serait que tu ne rappelles pas Faidherbe... je veux te voir en forme tout à l'heure pour célébrer mes fiançailles avec... »

Désirant prouver qu'il lui reste un grain de lucidité, le détective balance presque joyeusement :

« ... Alexandra Pattison !

— ... Qui ça ?... Alexandra Pattison ? Connais pas... mais si elle vaut le coup d'œil, présente-la-moi... pas en présence de ma fiancée, bien sûr, elle est d'une jalousie, je ne te dis pas. Ma dulcinée s'appelle...

— Dekok ! »

Claude Lambert ne peut réprimer un sifflement, marquant ainsi son étonnement devant les confusions répétées dans lesquelles s'enchevêtre son ami.

« Tu confonds, c'est le nom du voisin, je t'en ai parlé, il y a cinq minutes. Ma fiancée se nomme Belinda François, c'est la rédactrice en chef du magazine *Paillettes*... elle est aussi l'ex-compagne de l'inspecteur Rimbeau...

— Rimbeau ?

— Oui, phonétiquement, comme le poète...

— Attends un peu... si je ne me trompe, ce gars-là a des problèmes avec la blanche... » Gilles reprend de l'assurance.

« Exact, mais c'était il y a quelques années, les journaux en ont parlé à l'époque. Tout cela est terminé aujourd'hui, il n'y touche plus. Il sera également de la partie ce soir...

— Et toi, tu en consommes toujours ?

— Par intermittence...

— ... Euh, au fait, Belinda, comment est-elle physiquement ?

— Elle a les yeux bleus, elle a le...

— Ça va, arrête ta rengaine, je me souviens maintenant que tu as un faible pour les blondes aux yeux bleus... et, cette fille... elle t'aime ?

— Ben, oui... je l'espère...

— Beaucoup ?... Passionnément ?...

— ... A la folie ? Ou pas du tout... t'effeuilles une marguerite ou quoi ? Merci de t'inquiéter... mais, elle m'adore au point de collectionner tout ce qui me concerne. Tu vois, je n'ai rien d'un mal aimé. De plus, elle fourmille d'idées pour ma carrière... bon, cette fois-ci, je te quitte, j'ai mille choses à préparer pour la fête... ciao !

— Quelles idées ? Claude... un conseil... tu vas certainement trouver cela stupide... mais ne prends pas de bain aujourd'hui...

— Je te demande pardon ?

— Oh, rien... tu laisses tomber... je me sens très fatigué...

— Par contre, moi, je te conseille de prendre une bonne douche, c'est efficace. N'oublie pas Faidherbe pour soigner ta... « paranoïa convulsive obsessionnelle »... à tout à l'heure, je compte sur toi ! » Claude Lambert raccroche.

Gilles est abattu. Comment donc son ami a-t-il qualifié ses appréhensions à caractère morbide ? Il ne s'en souvient déjà plus. Par contre, elles le font terriblement souffrir. Padelou pense qu'il serait sage de suivre les conseils prodigués par l'artiste.

Sur ces bonnes intentions, le détective se détend et jette un regard par la fenêtre. Il fait beau, il fait bon, la vie coule comme une chanson.

« Je suis impardonnable. Je devrais savoir que les idoles ne meurent jamais » songe-t-il sur un ton de reproche.

De sa discothèque, Gilles sort un disque de Claude Lambert sur la pochette duquel, tracé en caractères gras, le titre principal de l'œuvre incite à croire que le monde est grand et que les gens sont beaux. Padelou prend acte. Il place ensuite l'objet en vue pour ne pas l'oublier tout à l'heure et se met alors en quête d'un stylo car... il n'est toujours pas en possession d'une dédicace du chanteur...

LE MIROIR AUX
ALOUETTES

Le Miroir aux Alouettes se situe à l'angle des rues du Miroir et des Alouettes. C'est un bistrot de quartier banal aux murs jaunis par la nicotine, sur lesquels des posters défraîchis, punaisés dans les coins supérieurs, volettent à chaque passage précipité d'un client. Le premier poster montre Sylvester Stallone, enveloppé dans un drapeau américain, savourant sa victoire sur le « méchant » russe dans ROCKY IV. Le second nous emmène aux Saintes Marie de la Mer où deux superbes étalons blanc cassé gambadent, la crinière au vent.

En vedettes sur le troisième, des coureurs cyclistes sourient aux anges. Les bécanes à l'avant, les forçats de la route bombent le torse pour que l'on puisse lire le nom du sponsor de l'équipe imprimé sur le maillot. Enfin, le dernier permet d'admirer Lolo Ferrari dont les prestigieux attributs mammaires relèguent Pamela Anderson, elle-même, au rang d'une limande freinée dans son développement.

Au-dessus d'un juke-box rutilant, une étagère en contreplaqué soutient à grand-peine les coupes que Mimile, le patron, a raflées lors de différents concours de fléchettes.

Ventru et moustache à la gauloise, Mimile aime parader derrière son large comptoir en zinc mais, pour l'heure, il s'active à terminer une vaisselle dont il ne voit pas la fin ! De temps à autre, il jette un coup d'œil dans la salle afin de repérer le client désireux de renouveler sa consommation.

En cette fin d'après-midi automnale, *le Miroir aux Alouettes* affiche complet. L'expression « il faut de tout pour faire un monde » a sûrement été inventée pour qualifier la faune disparate qui a investi le bistrot ! Il y a les éternels braillards imbibés de boissons alcoolisées entamant leurs discours par les pompeux « Moi, je... », les jeunes couples dont les regards trahissent un désir ardent qui trouvera, sans nul doute, un prolongement heureux dans une nuit sans sommeil, le vieil Arsène qui, le nez flanqué dans son *Porto*, squatte toujours la même place avant d'aller rejoindre sa solitude, *une douce habitude, presque une amie...* et enfin, ceux qui retiendront toute notre attention : trois jeunes gens, passionnés par le Septième Art !

Le meneur, Adam Arkenstein, aux yeux de merlan frit protégés par des lunettes à double foyer, au nez aquilin et aux cheveux coiffés comme un dessous de bras fait penser à Woody Allen. Une ressemblance qu'il considère comme un acompte sur une notoriété future. Mario Martinez, petit, râblé et crépu, ne saurait renier ses origines pied-noir. Passionné de vieux films américains, il possède une vidéothèque bien fournie dans ce domaine.

Rose-Marie Letort est l'élément féminin du groupe. Elle démontre par une forte personnalité et un sens de l'initiative, que la présence de la femme sur terre ne se limite pas à un rôle de potiche, réduisant à néant les théories machistes. Ce qui n'empêche pas, cependant, une grande sensibilité.

Adam a pris la « grave » décision d'inscrire leur candidature au FCA (festival du cinéma amateur) qui se tient, chaque année, dans un complexe cinématographique de la ville.

Deux jours plus tôt, Mario a rencontré Robert Lambarre, réalisateur de nanars. Le bonhomme prétend avoir débuté dans le métier comme machiniste sur le plateau de COUP DE TORCHON que Tavernier tourna à Louga, au Sénégal. S'il dit vrai, c'est sa seule référence sérieuse.

« Dis donc, Mario, crois-tu vraiment que ce gars puisse nous être d'une quelconque utilité ? questionne Adam, agacé.

— En tout cas, la ponctualité n'est pas son fort, constate Rose-Marie.

— Je suis certain qu'il viendra... il me l'a promis... son expérience, ses conseils, nous serons précieux...

— Cela m'étonnerait, rétorque Adam, ce Monsieur n'a aucun film intéressant à son actif... »

Mario essaye d'être convaincant :

« Il peut nous guider au niveau des prises de vue, des plans... enfin, tout ce qui se rapporte à l'aspect technique... »

Martinez n'a pas terminé sa phrase que la porte s'ouvre brusquement, laissant paraître un homme à la face rougeaude affublé d'un veston bâillant sur un ventre proéminent. L'arrivant repère Mario et se propulse comme une bille de flipper en direction de la table occupée par nos trois compères.

Les cheveux ébouriffés, les poils de barbe hérissés, les yeux chassieux, le singulier personnage tangue sur un fantomatique bateau. Arrivé péniblement à bon port, il hèle Mimile puis, balbutie :

« Robert... Robert Lam... Robert Lambarre, dit B... Bob... qu'est-ce que vous... *hic*, vous... prenez ? C'est... c'est... pour bibi ! »

L'homme s'installe à califourchon sur une chaise après que Mimile ait pris note de la commande. Il poursuit :

« A... alors... comme ça, *hic*... on se lance... *hic*... dans le grand bain... *hic*... la fa... bu... fabu... *hic*... leuse aventure ci... ci... *hic* cinéma... tographique ?

— Oui, fait Mario, avec le ferme espoir de... »

Bob l'interrompt en battant l'air des mains :

« Ré... réu... réussir, *hic*, je m'en... doute, *hic*... et c'est poupou... pour ça, *hic*, que vous... vous... voulez, *hic* me renren... me renren... contrer... »

Mimile apporte les consommations et s'éclipse aussitôt.

Le regard perdu dans son verre de bière, Lambarre semble s'y mirer. Il reprend :

« Dans ce, *hic*, mi... mimi... lieu, *hic*... il ff... faut aller au gougou... au goulot... heu... au cu... au cucu... au culot, *hic*... se dire qu'on... *hic*... est le meilleur... même si... *hic*... c'est pas vrai, *hic*... c'est papa... c'est pas... plus, *hic*, compliqué que ça... »

Adam balance ex abrupto :

« Un adepte de la Méthode Coué ! Obligatoire avec une filmographie aussi nulle. Notez que si vous êtes dans un pareil état lors des tournages, ceci explique cela ! »

Sur le moment, Mario est furieux, craignant que son ami en vienne à tout gâcher. Bob ne se laisse pas décontenancer :

« Ton imper... *hic*... ton imper... ti- nence me... plaît, mon, *hic*, garçon. Elle... pou- pou... elle pourra te servir un... jou... un, *hic*, jour... quand tu auras... *hic*... un nn... nom... seulement... quand tu, *hic*, auras un nom...

— Nous perdons notre temps à écou- ter un looser doublé d'un alcoolique !

— Oo... O.K., Spiel... *hic*... Spielberg... je vois que... *hic*... Môssieu refu... refuse... d'écou- ter... *hic*... un homme d'expé... d'expérience. Dans ce, *hic*, cas... je n'ai... *hic*... plus rr... plus rien à faire... ici... »

Il se lève laborieusement de sa chaise en tenant le dossier d'une main.

« Ss... sache que, *hic*, si je bb... bois... c'est pp... parce que... *hic*... j'ai mm... mes rai- sons.

— Pour oublier votre manque de talent », surenchère Adam.

Mario agrippe Lambarre par la manche de son veston. Il essaye de rattraper le coup.

« Attendez ! Mon copain est fort nerveux pour l'instant... on a pris ce concours tellement à cœur... hier, je vous ai parlé du scénario... il est presque terminé. Il ne manque que la chute, on planche dessus... cela provoque une tension... »

Bob demeure imperturbable. Il soupire et marmonne ces quelques mots :

« Un... un bb... bon scénar... un bon scénario... solide, en béton... voilà cc... ce qu'il me faut...

— Plaît-il ? » Fait Mario, interloqué.

Rosissant à ses dernières paroles, Robert Lambarre ne répond pas. Pour chasser la suspicion que celles-ci pourraient faire naître, l'homme crée une diversion en fouillant dans sa poche. Il en sort une carte de visite froissée qu'il tend, en tremblant, au jeune homme.

« Ss... si vous rere... revenez à de, *hic*, mei... meilleurs senti... sentiments, rere... recontactez-mm... moi... *hic*... qq... quand le scénar... le scénario sera... *hic*... fini. Je pp... poupou... je pourrai vous... aider... *hic*... sur le plan techn*hic*. En atten... en attendant, changez... *hic*... de cr... de crèche. *Le Mimi... le Miroir aux... hic... Alou...Alouettes* !... les gg... gens du spec... du spectacle... *hic*... sont susu... superstitieux... *hic*... ils ne... ne laissent rr... rien au hasard... »

Lambarre tente une retraite la plus digne possible. Il éprouve, cependant, beaucoup de difficulté à ne pas buter contre les tables et les chaises qui se trouvent sur son parcours. Il oublie de régler les consommations.

« Non, mais tu as vu le loustic, Mario ?... Qu'espères-tu de la part d'un tel clown ? fulmine Adam.

— Ce que tu peux être négatif. En chacun, il y a du positif » tempère Martinez.

Arkenstein saisit la balle au bond :

« Ah, ça, pour être positif, il l'est certainement. Qu'on lui fasse donc une prise de sang ! Quant au scénario, il est hors de question qu'il en prenne connaissance.

— Dans ce cas, comment pourrait-il ?... » avance, timidement, Mario.

Rose-Marie pressent la nécessité d'intervenir :

« Stop ! On ne va pas faire le Réveillon là-dessus. Écoutez-moi, voici ce que je propose : chacun de nous, de son côté, va peaufiner la chute du récit. Je vous donne rendez-vous, ici, jeudi prochain à la même heure. »

Sage proposition à laquelle les deux garçons se rallient. Cependant, à l'insu de ses compagnons, Arkenstein a décidé de mener son enquête au sujet du sieur Bob. Ce type ne lui inspire rien de bon.

Lorsqu'il réintègre son domicile, Robert Lambarre change d'attitude. Il sourit en pensant à la représentation qu'il vient d'effectuer au *Miroir aux Alouettes*.

Il s'est montré très convaincant dans ce rôle d'alcoolique. Voilà qui est de bon augure pour la suite des opérations. « J'aurais plutôt dû être acteur » songe-t-il, persuadé d'avoir semé la zizanie entre Adam et Mario. Tant mieux, c'était la condition sine qua non pour faire main basse sur le scénario.

L'homme rehausse le thermostat, se sert un whisky-coca et compose un numéro de téléphone. A l'autre bout du fil, une voix rauque interroge :

« Allô ? Qui est à l'appareil ?

— Bob !... un court silence s'ensuit.

— Ah, c'est toi ! Que veux-tu ?

— Écoute-moi, Tom ! Bientôt, très bientôt même, je t'apporterai un sujet en or, j'y travaille comme un fou...

— Hé, Bob, arrête !... Tu fais le coup à chaque fois.

— Je t'assure, cette fois-ci, je tiens le bon bout et vais décrocher la timbale, parles-en à Karl...

— Tu rigoles ? Faudra d'abord que je l'amadoue. Il est furax et ne veut plus miser un radis sur toi !

— Insiste quand même... dis-lui que je passerai le voir...

— Je te le déconseille mais... rassure-moi, vieux, t'as pas fait une connerie ? La dernière t'a coûté cher.

— Heu, non... rien à voir...

— T'es certain ?

— Puisque je te le dis...

— Bon, pour Karl, je vais essayer... ce sera dur, je ne te promets rien... les deux films qu'il a produits avec toi ont été des flops magistraux.

— Merci, Tom. Je t'assure que tu n'auras pas affaire à un ingrat.

— Laisse tomber, salut ! »

Lambarre raccroche à son tour. Un sourire radieux illumine son visage. Il se ressert un whisky mais sans coca. Tout marche comme sur des roulettes, cela vaut bien une petite cuite. Une vraie, cette fois...

Adam Arkenstein consulte sa collection de revues *Cinéma d'aujourd'hui*. Son attention est attirée par un article vieux de trois ans dans lequel, un critique conseille à Robert Lambarre de faire preuve de davantage de discernement dans le choix de ses sujets. Un numéro plus récent distribue des cotes. Il découvre le nom du metteur en scène en bas de liste, accompagné d'un commentaire édifiant :

Peut-il faire mieux ? En ce qui me concerne, j'ai des doutes ! L'article est signé Jean-Christophe Laval.

Adam appelle la revue qui lui donne les coordonnées du journaliste. Rendez-vous est pris le lendemain, à midi, dans un snack près du siège de *Cinéma d'aujourd'hui.*

A l'heure dite, Laval pénètre dans l'établissement. Il est du type décontracté. Son visage bronzé trahit de régulières séances de banc solaire. Un courant de sympathie passe entre les deux hommes.

Le critique entame la conversation :

« Vous m'excuserez, mais j'ai peu de temps devant moi. En quoi puis-je vous être agréable ? Je suppose qu'on vous a déjà dit que vous ressembliez à Woody Allen ?

— Et vous, à Belmondo » réplique Adam, du tac au tac. Il enchaîne :

« J'aimerais recevoir un maximum de renseignements sur Robert Lambarre... »

Laval sourit.

« Vous êtes de la police ou, non... vous n'êtes pas fan ?

— Rien de tout cela. Je prépare une thèse à l'université sur un réalisateur contemporain et j'ai jeté mon dévolu sur...

— ... ce qu'il y a de pire, conclut l'autre dans un grand éclat de rire. Ah ! Ah ! Ah ! Ah ! Dès son premier tour de manivelle, ce gars s'emmêlait déjà les pinceaux dans des histoires bêtes à pleurer. Il est très vite devenu un has been. D'ailleurs, Lambarre rime avec ringard. Ah ! Ah ! Ah ! Ah ! Plus un seul producteur n'oserait miser un franc sur lui. De plus... »

Laval hésite à poursuivre. Adam l'y encourage.

« ... Au début de l'année passée... une sombre histoire de droits d'auteur à laquelle il était directement mêlé. Je ne suis pas en possession de tous les détails. Il a perdu le procès et cherche à relancer sa carrière. Il est le seul à encore y croire.

— Et pourquoi pas ? risque Adam.

— Parce qu'il a perdu la confiance de tout le monde. Ce milieu est une jungle. Celui qui dégringole de l'échelle, ne remonte jamais... à moins d'un miracle !

— Par exemple ?

— Je ne sais pas, moi... tiens, imaginons qu'il dégotte un scénario super, un truc en or... et qu'il en réalise un bon film. Mais, c'est de la fiction. Où irait-il le chercher son scénario super ? Qui pourrait le lui amener ? Qui aurait envie de travailler avec lui ? Il est grillé partout ! »

Adam en sait suffisamment. Les deux hommes échangent encore quelques considérations générales sur l'évolution du cinéma avant de prendre congé l'un de l'autre. Laval insiste pour régler les consommations.

De retour dans son appartement, Arkenstein veut joindre Mario pour parler de son entrevue. Il laisse la sonnerie retentir une dizaine de fois avant de raccrocher, dépité. Il a plus de chance en appelant Rose-Marie.

« Allô ?

— Adam à l'appareil. J'ai appris des choses intéressantes sur Lambarre. Sais-tu où se trouve Mario ? Il faut que je vous voie tous les deux. C'est urgent !

— Eh bien, euh...

— Ne me dis pas qu'il est allé chez Lambarre !

— Si, précisément...

— Avec le scénario ?

— Ben... oui...

— Le con ! J'arrive...

— Sois prudent, surtout... »

Trépignant à l'idée de la visite du jeune homme, Bob en est à son troisième verre de rhum. Quand Mario débarque, il est accueilli avec l'enthousiasme que l'on devine. Lambarre demande à brûle-pourpoint :

« Alors, ce scénario, fini ?

— Oui, M'sieur, on a réussi à trouver la chute de notre histoire. Elle est inattendue... je pense qu'elle va surprendre les spectateurs.

— Bravo ! Ce que tu m'en avais dit me plaisait beaucoup. J'ai hâte de connaître la fin. Je pense très sincèrement que vous avez beaucoup de talent.

— Vous croyez, euh... que vous pourrez nous aider ?

— Douterais-tu de mes capacités, petit ?

— Heu... non, M'sieur...

— Appelle-moi Bob, maintenant qu'on est complices... je veux dire, amis... allez, donne-moi cette merveille ! Je me suis déjà permis d'en parler à Karl Madsen... il a prêté une oreille intéressée...

— Karl Madsen ? Le célèbre producteur ? » s'écrie Mario.

Bob se rengorge et prend un air blasé :

« Ben oui, le célèbre producteur... nous nous apprécions depuis si longtemps... nous avons un profond respect l'un pour l'autre...

— Extraordinaire, bredouille Mario, tout... tout va si, si vite... on s'inscrit au festival... on vous, euh... on fait ta connaissance... et, et maintenant, c'est le bouquet. Le grand Karl Madsen lui-même ne serait pas indifférent à notre travail... pincez-moi, je rêve !

— Non, tu ne rêves pas, petit, tout cela est bien vrai... maintenant, donne-moi le scénario !

— Une minute... que je me remette de mes émotions... »

Euphorisé par le succès futur de son entreprise, Bob prélève de sa bouteille une bonne lampée de rhum. Martinez sort de sa mallette une enveloppe brune fermée. L'autre s'en empare, veut l'ouvrir mais Mario la lui retire aussitôt des mains.

« Je possède, ici, une deuxième copie... prenez... prends plutôt celle-là. Tu n'as qu'à faire

205

parvenir l'autre par la poste, elle est déjà sous enveloppe... »

Lambarre, bien imbibé, décide de faire confiance à son jeune ami. Il se cale dans le fauteuil et parcourt la copie transmise par Mario, accompagnant sa lecture de sifflements admiratifs.

Petit à petit, sa résistance face à l'absorption d'alcool faiblit et il s'endort, laissant choir le scénario sur ses genoux. Mario reprend son bien qu'il glisse dans la mallette. Il quitte l'appartement sans faire de bruit, en prenant soin d'éteindre les lumières.

Adam est en proie à une vive excitation lorsqu'il atterrit chez Rose-Marie. Il est impératif que la colère qui le ronge puisse s'extérioriser.

« Quelle mouche a piqué Mario ? Il ne pouvait pas attendre qu'on soit réuni pour prendre une décision ?

— Il savait que tu aurais refusé la moindre concession avec Lambarre, répond Rose-Marie, étonnamment calme.

— Ah, ça, oui ! D'autant plus, que les informations glanées sur ce sinistre individu sont peu reluisantes... ce ringard est aussi un type malhonnête ! Note, que je ne suis pas surpris, dès le début sa tête ne me disait rien qui vaille... »

Rose-Marie propose de boire quelque chose. Le jeune homme, la gorge nouée, refuse, prétextant que rien ne passerait. Elle juge, alors, le moment opportun pour tout lui dire :

« En sortant du *Miroir aux Alouettes*, tu es parti de très méchante humeur. Connaissant ton opiniâtreté, nous nous doutions que tu mènerais ton enquête au sujet du sieur Lambarre. Mario avait gardé en mémoire la phrase marmonnée par le bonhomme. Il était question de trouver un bon scénario. Ça lui a donné une idée. Je terminerais le nôtre pendant qu'il en concocterait un ressemblant, en tous points, à l'histoire qui nous arrive. C'est-à-dire, celle d'un réalisateur ringard en quête de réhabilitation, tentant de s'approprier... »

Brusquement, Adam se tape les cuisses et rit aux éclats en imaginant le tour que ses amis ont joué à Robert Lambarre. Il demande à Rose-Marie de lui servir un grand coca bien glacé. Elle s'empresse de le faire avant de poursuivre :

« ... Mario glisse le scénario dans une enveloppe qu'il ferme, prend une copie du nôtre pour donner le change et contacte Lambarre. Pendant ce temps, je me rends chez les organisateurs avec un autre exemplaire du récit pour le faire enregistrer, comme le stipule le règlement du concours. »

Arkenstein exulte. Martinez et Letort ont manœuvré avec brio et se sont bien payé la tête de Lambarre. Il s'en veut d'avoir sous-estimé Mario.

Karl Madsen n'en croit pas ses yeux. Le plus mauvais metteur en scène de la corporation lui a fait parvenir un scénario dans lequel il se tourne en dérision. Les dialogues sont truculents, le style alerte, bref, tous les ingrédients sont réunis pour réaliser un film très divertissant. Le producteur débloque, sur le champ, les fonds nécessaires et prévient Lambarre qu'il peut commencer le tournage.

Quant à nos trois compères, ils sont, aujourd'hui, en repérage pour débuter les prises extérieures de leur œuvre et continuent à se réunir au *Miroir aux Alouettes* où Mimile guette toujours l'appel du client désireux de renouveler sa consommation.

UNE NUIT BIEN
TROP NOIRE

Salut ! Je m'appelle Walter Condum, prononcez « Condom »... marrant, non ? Et, c'est pas tout, vous allez encore plus vous marrer en sachant, avec un nom pareil, ce que je manigance dans la vie :

Je dirige une agence de péripatéticiennes. Autrement dit, les loisirs lubriques, c'est mon domaine. Les tarifs, comme les filles, sont alignés sur les possibilités financières du client et les spécialités désirées.

Je suis aussi indic à mes heures, davantage par nécessité que par plaisir. A ce niveau-là, je possède un joli palmarès qui fait de moi un indic capé. Mais ça, de grâce, faut pas le gueuler sur les toits, sans quoi dans le milieu, je risque de me faire repasser.

Vous aimeriez vous retrouver au fond d'un étang avec un bloc de ciment attaché aux chevilles ? Pas moi. Tant qu'à maquiller, je préfère qu'il n'y ait que la police qui soit affranchie. Nous travaillons en étroite collaboration.

Mon associé, c'est le commissaire Isse. Un grand costaud à la face rougeaude. Encore un bien nommé, son prénom, c'est Paul... Paul Isse... ben alors ? C'est plus ridicule de s'appeler Gilles Debinche quand on n'habite pas la région et qu'on déteste le carnaval...

Pour en revenir à mézigue, vous vous demandez, surtout les sans emploi, comment on devient indic, péjorativement, une balance.

Règle première : être en rupture d'orthodoxie en se mouillant dans des affaires contraires à la morale, la gamme est étendue, et, de préférence en des lieux sordides.

Deusio, posséder assez de flair pour détecter le bon flic avec lequel on désire se connecter. Attention aux ripoux !

En vérité, flics et voyous sont complémentaires. Il n'existe pas de police efficace sans indics, dixit Borniche, une épée. Je ne l'ai pas connu. Il était hors circuit quand je me suis lancé dans la délation.

Enfin, faut faire gaffe de donner suffisamment d'avoine à la bête, donc de renseignements à la flicaille, pour qu'elle vous harcèle pas dans votre bizness pour un « oui » ou pour un « non ». Sinon, ce sera votre fête presque tous les jours.

Tiens, à propos de fiesta, pour l'instant, on n'a pas à se plaindre. Cela fait trois jours que le ciel nous tombe sur la tête à coups de pluies diluviennes et de brouillards opaques. Difficile de distinguer quelque chose ou quelqu'un à moins de trois mètres... sauf pour le chourineur ! Ce timbré ouvre de haut en bas, comme un sac de couchage, les pépées qui ont le malheur de croiser son chemin. Cinq victimes en deux jours, belle moyenne. À ce régime, le mec va entrer dans le livre des records. Mais pour avoir son nom dans l'Histoire, il devra se faire connaître. A mon humble avis, il n'y tient pas, trop modeste ou trop timide, sans doute.

L'hypothèse que ce psychopathe soit boucher ou charcutier est écartée. Aucun boudin parmi les victimes. Dès lors, tu parles d'un gâchis. Je dis *il* alors que c'est peut-être *elle*... la jalousie féminine enfante de ces abominations...

Bon, en attendant de savoir, laissons encore le masculin l'emporter dans ce cas de figure, et tenons-nous en donc à *il*... c'est tout à votre honneur, Mesdames !

À côté de chaque corps, ce cinglé a déposé une petite carte comportant, tapés à la machine, quelques vers d'une comptine qu'il a adaptés aux horribles dépeçages :

Une souris verte
qui courait dans l'herbe
Je l'attrape par les cheveux
Et je l'ouvre en moins de deux !

Brrr, ça donne froid dans le dos.

Je ne te dis pas la crainte provoquée par cette affaire. En attendant que les poulets parviennent à alpaguer le folingue au surin, les filles et moi, on est sur le qui-vive. Sait-on jamais, des fois que ce prédateur viendrait à s'en prendre à mon cheptel...

Pour l'heure, je tourne en rond dans ma piaule, un coquet appartement situé au sixième étage d'un gratte-ciel.

Isse doit me passer un coup de fil d'un moment à l'autre, j'ai un tuyau pour son Altesse qui se fait désirer. Pas de quoi fouetter un chat ou casser trois pattes à un canard, mais juste assez pour alimenter la chaudière et empêcher le feu de s'éteindre. Comme je l'ai dit, faut calmer l'appétit de la bête.

Cela fait près d'une plombe que je guette la sonnerie de ce foutu téléphone qui me joue *La Muette de Portici*. L'attente est un luxe que je ne peux pas me permettre. Car, je n'ai pas que ça à faire, je dois aller relever les compteurs. Quoique, avec ce déluge, à part Noé et son arche, doit pas y avoir grand monde dehors ou alors, des intrépides qui se regroupent pour affronter la merdouille qui tombe :

Maman, les petits badauds qui marchent sous l'eau, viennent-ils en bandes ?

Soudain, la sonnerie du téléphone retentit, m'extirpant de mon ronchonnement. Je décroche et pousse un allô tonique sous un halo de lumière rachitique, diffusé par une lampe halogène plus blafarde que mon teint cireux.

« Walter ? C'est Isse. Je t'appelle de mon portable. Je suis garé au bout de la rue, magne-toi ! »

Le temps de chausser mes pompes en croco, d'enfiler mon manteau d'hiver en poils de yak et me voilà, arpentant le bitume mouillé d'une artère orpheline de toute présence humaine.

Je relève mon col et cale, bien au chaud, mes pognes au fond des poches. Je distingue à peine la tire du condé dont les phares tentent une timide percée à travers un épais brouillard.

Arrivé à hauteur de la charrette, une portière s'ouvre, m'invitant à pénétrer dans un vieux tacot pourri dont je tairai la marque.

Une fois dans l'habitacle, je me prépare à subir l'humour trois tonnes de Paul Isse qui, parmi ses innombrables mots d'esprit, s'emploie particulièrement à railler mes initiales. A ce jeu débile de feintes stupides, il est pire que moi. Morceaux choisis :

« Alors, W.C., t'as un tuyau ?», «W.C., tu ne manques pas de pot... » Ou, plus fin, «Tu joues un jeu dangereux, W.C., un de ces jours, tu seras mitraillé, entièrement moucheté... »

« Hello W.C., j'avais pas le temps de te recevoir dans mon cabinet. Ah ! Ah ! Ah ! » Tiens, elle est inédite celle-là...

Par contre, ce qui n'est pas inédit, c'est l'haleine de phacochère du flic. Il doit se payer des caries d'enfer. Qu'est-ce qu'il attend pour se faire réviser les crocs ? Qu'il y en ait un qui tombe tout seul ? Dans le milieu on le surnomme le calendo, c'est vous dire s'il chlingue !

Je prends mon mal en patience en jugeant cette odeur âcre, subie en vase clos, davantage supportable que l'humidité extérieure. Hormis les désagréables émanations, je ne risque pas de choper la crève. Des envies de gerber tout au plus.

« Le topo ? Demande Isse en roulant une cigarette.

— Voilà, d'après Solange, une de mes protégées, c'est dans les chiottes du bistrot *Chez*

Suzette que le bel hidalgo, Rodrigo, viendra argougner la came. Il s'y pointera aux environs de vingt heures.

— Fiable ?

— Solange ? Comment donc... elle n'a pas son pareil pour afflurer des tubes de première. C'est une marloupine. Je me demande si, avant d'arpenter le bitume, elle n'a pas été assistante sociale ou une connerie dans le genre. D'accord, le Rodrigo est prêt à balancer père et mère quand il a bu un verre de trop et qu'il est au bord de l'extase... mais, cela n'enlève rien aux mérites de ma petite préférée. Je vous le dis, commissaire, elle est plus efficace que le Penthotal, elle ferait jacter un garde du palais de Buckingham, en service dans sa guérite...

— O.K. Dis-moi, je suppose qu'il y a moyen de becqueter *Chez Suzette*...

— Uniquement de la petite restauration, des crêpes...

— Je m'en serais douté. T'as déjà bouffé ?

— Euh... non...

— Alors, si on ne risque pas que l'hidalgo te retapisse, je t'invite. Mais, tiens-le toi pour dit, je ne compte pas en faire une habitude.

— Vous êtes si généreux, commissaire... pour le reste, vous faites pas de bile, je porte toujours sur moi, au cas où, des fausses charmeuses et une moumoute... à propos, où en est l'enquête concernant le chourineur ?

— Au point mort. Peut-être qu'un jour s'il passe entre les pognes expertes de Solange...

— On m'a rencardé que vous aviez demandé du renfort pour...

— Dis donc, W.C., tu serais pas en train de brouiller les brèmes ? Je te signale que dans ce jeu, c'est moi qui pose les questions... bon, il est où ton troquet ?

— Rue Paul Foster.

— Dans ce cas, je ne dis plus rien...

— ?

— T'as bien dit faut s' taire, non ? Ah ! Ah ! Ah ! »

Malgré une mauvaise visibilité, on arrive sans casse à bon port. Avant de m'extirper de la tire, j'ajuste mon postiche et me colle quelques poils sous le pif. Quand je sors du carrosse, je me ramasse illico de la flotte à pleins seaux sur la tronche. Inutile d'attendre ce lourdaud de commissaire dont la morphologie, du type pachyderme, nous empêche de courir dans la même catégorie. Je pique alors un sprint jusqu'à l'entrée du boui-boui pour éviter que ma moumoute ressemble à un soufflé tombé, ce qui provoquerait l'hilarité du flic qui profite de la moindre occase pour se payer ma fiole.

Attablés au fond du bistrot, nous parcourons un menu froissé que la taulière nous a presque envoyé sur le tarin. Le sien, qu'elle a démesuré, doit être muni d'un détecteur de perdreaux, car elle n'arrête pas de mater Isse. Je ne pense pas que ce soit pour son physique... mais plutôt pour le côté phénomène de foire...

Nous commandons des crêpes flambées et un cidre bon marché. Le commissaire consulte sa tocante.

« Dix-neuf heures trente ! Je vais prévenir Tiano, de façon à ce qu'il se pointe d'ici un petit quart d'heure avec trois hommes. Je téléphone des tartissoires... »

Sur ces mots de fin stratège, Isse s'éclipse.

Quand il passe devant le rade de la taulière, il l'affranchit de ne pas nous servir avant son retour. Craint-il que je lui tortore sa part ?

Rodrigo fait une entrée prématurée dans le troquet, flanqué d'une ravissante fausse blonde. Il a les traits tirés de celui qui s'est fait reluire.

Avec une élégance raffinée, l'arrogant bellâtre scrute à la ronde de son oeil sombre, le sourcil gauche levé. Il fait songer à ces toréadors qui fixent, hautains, le taureau pour l'intimider alors qu'ici, le beau vidé, c'est lui...

Son regard s'attarde sur moi. Normal, je suis seul pour l'instant, donc pas de panique. Je ne pense pas qu'il puisse me remoucher avec mes artifices. Quand Isse me rejoint, c'est à son tour d'être jaugé par le séducteur hispanique. En véritables pros, on ne trahit aucune émotion bien que la tension soit vive.

Peinard, semble-t-il, l'hidalgo s'est re-becté et se met à jacter avec sa bergère. Je fais du quès avec le bédis :

« Dites-moi, Tiano, c'est votre équi-pier ?

— Exact. Il devrait débouler d'un mo-ment à l'autre, mais il faut prendre Rodrigo, la main dans le panier.

— De la demoiselle ? C'est déjà fait...

— Je vous en prie, W.C., préservez-moi de votre humour rase-mottes...

— J'essaie de détendre l'atmosphère. Et puis quel culot, marmottais-je tout bas. »

À vrai dire, j'ai les grelots et une forte envie de me tailler. J'ai une vie à sauver, moi... la mienne! Je le connais l'hidalgo, c'est un sangui-naire. Quand il se sent ferré, il est prêt à défou-railler.

La porte du caboulot s'ouvre. Quatre types sapés comme des... fonctionnaires de police font irruption dans la casbah. Bonjour la discré-tion ! Si le toréador ne flaire pas le traquenard, c'est qu'il a une fameuse sinusite...

Isse me glisse dans le creux de l'oreille :

« Le grand là... c'est Tiano ! »

Il est immense, il fait au moins deux mètres. Pour la circonstance, je m'offre un jeu de mots aussi craignos que ceux dont Isse se régale :

« Isse est haut... sans Tiano ! »

Bon d'accord, je sais ce que vous pen-sez, mais, croyez-moi, dans ces moments de haut risque que la situation s'envenime, prendre la tangente de l'humour, ça aide. D'ailleurs, je sens les condés à cran.

Par contre, jusqu'à présent, Rodrigo la joue cool. Absorbé par sa ponette, il vole sur un nuage en continuant à conter fleurette. Inconscience ? Ruse machiavélique ?

Je me sens aussi mal à l'aise qu'un bédouin sur une banquise. Je le subodore, quelque chose va se passer...

Le bellâtre se lève soudain et se dirige vers la taulière.

« Place à l'action », me dis-je. J'en reste pour mes frais car le gars demande qu'on lui change un billet en pièces pour alimenter le juke-box. Après quoi, il va se coller près de l'entrée des pissotières où plastronne un rutilant Wurlitzer.

La belle machine inonde bientôt la turne d'une guimauve indigeste à l'effet cependant dévastateur sur le cortex d'une bécasse en mal d'affection car la mayonnaise prend dès les premières notes.

La fausse blonde, que j'appellerai la môme Pavlov et qui ne manque pas de chien (ouaf ouaf !), s'extirpe langoureusement de son siège, invitant le bellâtre à la serrer de près. Voici, à présent, nos deux tourtereaux fricotant sur un slove torride.

Vingt heures quinze, Isse engouffre sa douzième crêpe. Je me demande si cet intermède musical ne l'arrange pas. Il permet à ce morfalou de se remplir le bide, sans cri. J'observe la table à laquelle se sont installés les quatre poulardins. Faute de grives, je vais me manger ces perdreaux dans un constat psychanalytique dont je suis spécialiste. Comme au jeu de combat naval, je rate rarement ma cible.

Le premier lardu, un petit gros dégarni aux yeux tombants et à la moustache clairsemée, lance un regard fuyant et envieux à l'adresse des danseurs. La main gauche dans la poche, il se triture les balloches en louchant sur les jolies gambettes de la nénette. Au royaume des têtes à claques et des coups de pied au cul qui se perdent, il décrocherait la timbale.

S'il était monarque, il règnerait en maître omnipotent sur ses sujets. Ce redoutable tyran ferait appliquer sans rémission la bascule à Charlot contre tous ceux qui s'opposeraient à ses décisions. Sa libido de gros beauf pervers s'en donnerait sans retenue, assujettissant les gonzesses qu'il s'enverrait à d'odieuses pratiques.

In illo tempore, ce drôle de zèbre a croisé la route d'Alfred Jarry dont il inspira l'œuvre. Il ne descend pas du père Ubu, il en dégringole...

Le second draupère, Musclor, les cheveux taillés en brosse et les pectoraux sur-développés, passe à coup sûr des heures dans les salles de fitness où il roule les mécaniques devant de sculpturales créatures façon « Les filles d'à côté ».

Ce forçat des haltères et des pompages vous convaincrait que le *corpore sano* se fout du *mens sana*. De toute manière, pour cette chabraque, *sana* n'est rien d'autre que l'abréviation de sanatorium.

Persuadé, grâce à son physique, d'être né sous une bonne étoile, pas la jaune évidemment, ce prince de la gonflette confirme les statistiques formelles suivant lesquelles le ridicule tue moins que la route ou le tabac et, pour ne pas que cette superbe mécanique se rouille, faut que d'autres en dérouillent de temps en temps...

Le troisième bourre, du genre « intellectuel égaré dans une galère qu'il n'a pas choisie mais, vu la crise, faut bien bouffer », est là pour compenser le manque de cervelle du précédent. Il rétablit un juste équilibre prouvant que dans la police, il n'y a pas que des physiques. Avec sa carrure de boutanche de champ' et ses binocles de petit prof, je ne le vois pas s'investir dans la castagne.

Les coups de torchon lui seront épargnés. Aussi, par sa clairvoyance et ses connaissances, c'est lui qui décidera du moment opportun pour donner du mou à la laisse de Musclor, son impétueux collègue.

Ce zigue-là, je vais l'appeler Atchoum, tant il tousse et éternue à une fréquence régulière. Serait-il pas des fois en train de virer tubard ? Je veux bien que ça caille dehors et qu'il y a de quoi choper la crève, mais être arrangé à ce point-là...

Et puis, il y a Tiano. Sorte de grand oiseau de proie au long cou et au nez en bec d'aigle. De ses doigts effilés, il maltraite nerveusement sa crêpe comme il malmènerait un détenu pour qu'il crache le morceau. Je vous le dis, moi, la patience de ce grand teigneux a atteint son point limite. D'ailleurs, il n'arrête pas de consulter sa tocante tout en suivant, d'un oeil noir, les ébats de plus en plus lascifs des deux amoureux sur la piste. Sûr qu'il lui tarde de tomber sur le paletot de l'hidalgo qui finit par se libérer de l'étreinte de la blondasse.

Rodrigo se dirige vers les cabinces, la tension monte d'un cran.

Musclor est prêt à bondir mais, sagement, Atchoum pose la main sur son aileron pour lui signifier de modérer ses élans. Cette brute épaisse n'interviendra que lorsque le boss le décidera.

Chacun sera alors investi d'une mission spécifique. Dès que le dealer aura disparu derrière la porte marquée de mes initiales, Isse, en grand patron, déploiera sa troupe. Sitôt dit, sitôt fait.

A l'instar de Napoléon à Austerlitz, notre brillant stratège dirige la manœuvre avec une précision qui force l'admiration. Pas de longs discours pour un mec adipeux... normal ? Non ?... Z'avez compris la subtilité ? Non ? C'est pas grave...

D'un hochement de la tête vers la gauche, il expédie Atchoum devant la porte d'entrée. D'un autre, il fait piger à Ubu, le pervers, qu'il doit museler la nana pour l'empêcher de jouer les sirènes d'alarme. Ben tiens, il pourra la toucher. Pardi, c'est ça aussi un chef, savoir percer les envies de son personnel. Enfin, Musclor et le géant Tiano iront chouraver Rodrigo dans sa pause pipi.

Fastoche comme ça sur papier, mais sur le terrain, c'est une autre paire de manches...

La gonzesse, du type dinde, croit qu'elle est la proie désignée d'une bande de libidineux qui, excités par son look de fille facile, veulent se la farcir.

Quand le condé Ubu se pointe à quelques centimètres de sa généreuse poitrine, on devine que le pouls de la poule bat (dit très vite, on songe à une danse sud-américaine qui vous fera suer tout l'été) à un rythme démentiel.

Elle veut jouer rip mais reste scotchée sur place, terrassée par la trouille.

Ubu la prend par le bras en lui intimant l'ordre de ne pas gueuler.

La pauvresse obtempère. Quand l'autre la relâche, elle commence à se désaper, jugeant inutile de jouer les héroïnes face à six vicelards. Autant passer à la casserole sans trop de casse.

Quel soulagement pour elle lorsque Ubu brandit, à contrecœur certainement, sa carte de poulaga devant ses mirettes ahuries. Curieux, cette confiance des petites gens envers la flicaille.

Sa réaction spontanée innocente la donzelle, prouvant qu'elle n'est pas branchée sur le bizness de son ténébreux. Sans ça, à la vue du papelard officiel d'Ubu, elle aurait viré au vert ou au cramoisi.

Du fond des tartissoires, on entend brailler Rodrigo :

« Mais lâchez-moi, merde ! Que me voulez-vous, bande de pédés ? »

De la bigorne, des coups sourds, puis plus rien. Je suppose que Musclor vient d'administrer un puissant sédatif à l'hidalgo.

La porte s'ouvre, laissant passer les deux poulardins maintenant à bout de bras le grand «con qui s'adore» qui arbore un superbe coquard à l'œil gauche. L'arcade sourcilière éclatée, du sang frais tache les revers de son rider.

À cette vision, la donzelle manque de s'évanouir dans les bras d'Ubu. Manque de bol, il aurait pu la peloter. Ça aurait été duraille devant tout le monde, mais je suis sûr que ce vicelard aurait essayé.

Pour ma part, je ne m'adapterai jamais aux brutalités des lardus.

La taulière non plus. D'ailleurs, elle l'exprime :

« Fachos, nazis, z'avez pas honte d'esquinter ainsi mon gagne-pain ? »

Isse se cabre :

« Doucement la dabuche, je pourrais très bien enquêter sur tes fréquentations et te faire épingler pour complicité...»

La virago fulmine :

« Hé, doucement pépère, complicité de quoi au juste ? Je ne l'ai jamais vu moi, ce mec-là...

— Peut-être, mais ta piaule semble avoir été choisie par les fourgueurs de came... je te le dis tout de go, ça sent pas bon pour toi ! »

Et il sait de quoi il parle, le calendo...

« Hein ?

— Parfaitement ! Faudra que tu t'expliques, et comme mémère a ses susceptibilités, je lui enverrai une convoc sur papier bristol...

— Hum... lâche timidement Tiano.

— Que se passe-t-il, inspecteur ? interroge Isse, très remonté.

— ... Il n'y avait pas de schnouf dans les cabinces... on a tout passé au crible...

— Comment ? »

Le commissaire se tourne vers ma trogne déconfite. Nos regards se croisent. J'ai les chocottes. Ce gras-double ne va pas me balancer devant l'hidalgo. Cela irait à l'encontre de nos intérêts respectifs.

En une fraction de seconde, il l'a compris et ne cafte pas. Mais je sais que ce n'est que partie remise. Entre quat' z' yeux, sûr qu'il va me troquer mes gitanes contre un bon cigare.

Le gravosse fixe à nouveau l'assemblée et pousse une gueulante pas piquée des vers :

« Que signifie cette mascarade ? Cette petite frappe (il désigne Rodrigo) devait venir bichotter de la blanche dans les pissotières de ce bordel... »

226

La taulière la ramène :

« Puisqu'on te dit qu'il n'y avait rien ! Faut être bon perdant, mon gros... quant au bordel comme tu dis, je te signale que je fais le ménage régulièrement...

— Ben moi aussi, figure-toi. »

Isse se tourne vers ses subalternes :

« Allez, embarquez-moi ce beau monde !

— Je ne te suivrai que si tu me colles un mandat en bonne et due forme sous les quinquets, éructe la mégère.

— Non, mais je peux te coller une mandale à travers la tronche si tu veux. » répond du tac au tac le commissaire survolté.

Le portable d'Isse sonne. Une voix neutre annonce la découverte macabre, dans une chambre de bonne, d'une sixième victime du chourineur. C'est comme si le ciel lui tombait sur le chou. Il lâche un juron, d'autant plus que la lancequine nous interdit de décarrer.

Dehors, avec la vase, il règne une purée de pois qui rend toute visibilité quasiment nulle. Quelques audacieux réverbères luttent en vain pour diffuser une lumière pâlotte dans les rues où volent des déchets de poubelles éventrées. Le vent souffle en rafales, les trombes d'eau déferlent en balayant tout sur leur passage. Spectacle désolant, rappelant, s'il le fallait encore, que la vanité humaine est désespérément impuissante face aux déchaînements des éléments naturels.

J'en deviens lyrique de dépit. De sinistres gronde-ments déchirent le ciel.

L'orage ôte les espoirs de poursuivre, dans l'immédiat, une enquête minutieuse et déli-cate. Les conditions climatiques sont telles qu'il est impossible de poursuivre plus avant ce récit...

UNE NUIT BIEN TROP NOIRE

(Seconde tentative)

.

Salut ! Je m'appelle Walter Condum, prononcez « Condom », je dirige une agence de péripatéticiennes, mon activité principale, et je suis toujours indic à mes heures, ma seconde profession qui, pour l'instant, m'occupe à temps plein en cette nuit interminable... passée à essayer de voler, en vain, quelques furtifs instants de repos dans une ambiance malsaine où des gonzes jouant, en temps ordinaire, à « cours après moi que je t'attrape » sont obligés de galérer ensemble.

Donc, pendant que les poulets se relayaient pour pieuter, je parvenais pas à fermer l'œil. Une question me turlupinait le cigare : quand Isse s'est planqué dans les tartissoires pour téléphoner, n'a-t-il pas gaulé la came ? De cette manière, il me confondait dans le mensonge et obtenait ainsi une raison suffisante pour me débusquer et mettre les scellés sur ma petite entreprise. C'est peut-être le début d'une manœuvre visant à donner un coup de balai dans le mitan...

Allons, mon petit Walter, arrête de te faire un cinoche d'enfer, tu vas te bousiller. Isse a trop besoin de ta pomme. La preuve, c'est que, non seulement, il ne t'a pas dénoncé devant l'hidalgo, mais, en plus, il te fait passer pour un cousin émigré au Québec, qui profite d'un petit coucou familial pour voir comment turbine la police d'ici. C'est ce qui s'appelle joindre l'utile à

l'agréable. Je suis donc devenu l'inspecteur Lafleur, ça ne s'invente pas, ça, Madame !

Autre sujet d'inquiétude, les quilles.
Elles n'ont pas eu les honneurs de ma visite. Solange, en fine mouche, les a sûrement réconfor-
tées. N'empêche que j'ai le bourdon.

Mon air renfrogné n'échappe pas au
commissaire qui, discretos, me brocarde :

« Alors, W.C., ça ne va pas, t'es fermé
de l'intérieur ? » Ah ! Ah ! Ah ! Je me marre...

À six heures du mat', tout le monde
se reloque pour affronter ce que le calendo appelle un briefing de tacticien. Musclor aurait
certes préféré une mise au poing, il est tout prêt
à remettre le couvert.

Comme les poulardins n'ont pas
trouvé de chnouf, cet épais de la cabeza ne se
rend même pas compte qu'il a commis une gou-
rance en confondant la tête de l'hidalgo avec un
punching-ball. Bonjour la bavure !

Tiens, c'est pas que j'aie l'habitude de
parler de la pluie et du beau temps, mais dehors,
ça s'éclaircit. Là-haut, on a décrété l'armistice. Fi-
nis les tirs en rafales d'une lancequine belliqueuse, dissipée la purée de pois qui a obligé la
ville à prendre le maquis, terminés les assauts impétueux d'un vent guerrier, sauvage et conqué-
rant.

J'en déduis que les idées vont, elles
aussi, se clarifier.

Isse prend le crachoir :

« Débarbotons la placarde. Un coup de fil anonyme me met au parfum que de la poudreuse, planquée dans les cabinces de *Chez Suzette*, doit être argougnée par Rodrigo. Je m'y pointe en éclaireur avec l'inspecteur Lafleur et appelle Tiano pour qu'il radine avec son équipe. On fait chou blanc, et je déteste le chou. Il n'y a pas plus de came dans les tartissoires de ce troquet que d'ours polaires dans le désert de Kalahari... »

— Vous permettez ? » interrompt Suzette, prenant un air de conspirateur.

D'un geste du menton, Isse invite la grognasse à s'exprimer. C'est que le calendo aime montrer que c'est lui qui dirige le débat.

« ... Faut croire que la nuit rafraîchit les idées, mais je me souviens que Rachid... »

Bien conditionné, Musclor saisit la balle au bond :

« Rachid ? C'est un nom de délinquant ça... »

La taulière, hautaine, le toise puis, continue :

« ... Il s'agit de Rachid Sulfurik. Un bosniaque musulman. C'est le fils d'un grossium de la ville, Josip Sulfurik. Tout ce que son dabe touche se chanstique en statues de Shell.

— ?

— Autrement dit, son vieux est le proprio des stations d'essence du coin. Il vient d'en débrider une à deux pas d'ici. Si le daron est un mec réglo, j'en dirais pas autant du fils...

233

— On connaît le loustic. Il a déjà un fameux pedigree, une sorte de blouson doré, intervient le commissaire.

— Je vous crois... Rachid s'est pointé ici, peu avant votre arrivée. Je l'ai à peine servi qu'il est parti se vidanger. Il est resté en rade pendant un moment dans les pissotières. Quand il a rappliqué, il paraissait nerveux. Il a lampé sa conso d'un coup, puis s'est barré. J'ai même pas eu le temps de lui rendre la monnaie. Vous allez me dire qu'il n'en a pas besoin, vu ses papelards. »

Paul Isse se tourne vers Rodrigo, un sourire narquois au coin des lèvres.

« Dis donc, l'hidalgo, j'ai l'impression que t'as été filouté... »

Ensuqué, Rodrigo ne desserre pas les mâchoires. Il ne peut que se rendre à l'évidence. Ses quinquets fixent le bout de ses santiags en peau de burnes de taureau.

« Bon. Y a plus de raison de glander dans cette piaule. Embarquez-moi les deux tourtereaux. Toi, la taulière, tu restes. Je t'enverrai une convoc pour venir signer ta déposition. »

Il est près de midi, lorsque je me rencarde dans mon bobinard. Solange m'accueille avec un grand sourire. Vu les circonstances, les greluches avaient battu en retraite pour se calfeutrer dans son carré.

Je comprends fort bien qu'elles les aient eues à zéro. La tempête, le chourineur... on aurait les boules pour moins que ça.

J'explique le motif de mon absence lors de la nuit précédente. Après ça, je fais un tour du proprio pour voir si la tempête n'a rien dézingué. Vu l'état déjà délabré des lieux, ce ne serait pas étonnant. Heureusement, à part la corniche encombrée, tout me paraît en ordre. Un miracle !

Pour le reste, je me doute que le bizness n'a pas été florissant. De toute manière, je n'ai pas l'habitude de piquer des gueulantes ou de cogner. Je suis plutôt du genre compréhensif, même un chouia paternel. J'ai toujours pensé qu'il fallait éviter de stresser son personnel. C'est pour ça que les quilles m'ont à la bonne et ne renâclent pas à la tâche.

De plus, à l'occase, je n'hésite pas à jouer les petites femmes d'intérieur, comme à l'instant car, tout en narrant, je leur mitonne un bon chocolat chaud.

J'ai pas fini de remplir les tasses que Paul Isse rapplique dans mon tapis. Pour me tirer les oreilles ? Tout de même, Rachid m'a officieusement disculpé.

« Bonjour commissaire, y a un os ?

— Simple visite de courtoisie, W.C., simple visite de courtoisie... hum, ça sent bon, tu peux m'en servir une ? »

Je préfère ça...

Il s'installe et commence à bigler autour de lui tout en louchant sur les gambettes de mes trois filles. Faut dire qu'il y a de quoi dévergonder le plus pointu des défenseurs de la morale la plus austère.

« Dis donc, le coin est plutôt sordide. Tes Gorgones doivent déprimer, non ? »

Gorgones ? Je la sens venir, sa feinte à la con qui ne fera rire que ce gravosse.

Attention, la chute est proche, le lourdaud ménage ses effets. Il hoche la tête de haut en bas.

« Ouais... vraiment sordides... »

L'accouchement est imminent.

« Elles évoluent dans un cadre digne du copain Emile... tes Gorgones... Zola ! »

Putain, et je sais de quoi je parle, il frappe fort le calendo ! Les gonzesses et moi, on s'esclaffe par politesse. Le gravosse manque de s'étouffer à l'énoncé de son jeu de mots aussi énorme que le tour de taille qu'il arbore, pavillon haut.

Puisque Môssieu taquine la culture, je vais lui en donner pour son blé :

« Heu... vous pensez que l'affaire du chourineur va trouver un épilogue rapide... qu'on n'est pas parti pour écrire une resucée des *Rougon-Macquart* ? »

L'ai-je vexé en mettant le doigt sur les lenteurs de l'enquête ? Toujours est-il que, les mâchoires serrées, Isse se lève et arpente la pièce de long en large tout en jetant un oeil au dehors. Je pressens le représentant de la loi à la recherche de la moindre anicroche pour me sortir la tirade classique : « Je pourrais faire boucler ta casbah pour telle ou telle raison, je ne le ferai pas... ne me remercie pas, mais ne l'oublie pas... »

Allons, calmos. Mon tour d'horizon m'a rebecté dans le fait qu'il faut vraiment être vicelard pour trouver une faille dans mon entreprise. Tiens, même les encarts « No durex no sex » sont placés sur les vitres de mes piaules.

Son inspection terminée, Isse revient sur les événements d'hier soir :

« Solange avait affluré le bon tube avec Rodrigo, l'Ibère s'est fait doubler. De rage, il a tout balancé. Le flouze qu'il comptait tirer de son trafic lui aurait permis de retourner, aux œufs, dans son pays d'origine. »

Je borgnotais le commissaire traczir : rien qu'à l'idée que l'hidalgo aurait pu se refaire une virginité en franchissant la frontière... Isse panique...

« Et Rachid ?

— J'ai envoyé les inspecteurs Rivère et Caroit avec un mandat de perquise...

— Je les connais ?

— Ouais, ils étaient *Chez Suzette* la nuit passée. Rivère, c'est le balèze, Caroit, l'intello. Ah ! Ah ! Ah ! Ils sont in-sé-pa-ra-bles !

— Comme Tintin et Milou ?

— ... Non, comme Sodome et Gomorrhe ! Ah ! Ah ! Ah ! »

L'humeur est au beau fixe, j'en profite pour l'embellir davantage :

« Dites-moi commissaire, c'est lequel des deux qui mord l'oreiller ?

— L'intello probablement... c'est lui qui dirige les ébats ! Ah ! Ah ! Ah ! Au fait, Rivère est un ex-Apache qui a décidé, un jour, de franchir la barrière pour jouer au cow-boy dans la police.

— Belle reconversion...

— Si un jour le cœur t'en dit...

— Sait-on jamais...

— Dans la vie, faut savoir tourner l'Apache comme dirait Caroit !... Ah ! Ah ! Ah ! »

Aussi sec, il regriffe sa gamberge. Finie la récré.

« Ce qui me tue, c'est que le folingue au surin court toujours. Il finira par trucider toutes les mistonnes de la cité si on ne lui tombe pas sur le paletot rapidos. Y aura plus que du boudin à consommer... de plus, le Rachid, quelqu'un l'a sûrement mis au parfum qu'il y avait de la chnouf à chouraver *Chez Suzette*... il y aurait une taupe dans mon jardin que j'en serais pas soufflé. Ah, elle est belle la police... »

C'est toi qui l'as dit bouffi.

« Encore faut-il prouver que c'est Rachid qui a fait main basse sur la came » risquai-je.

Le commissaire me regarde, perplexe.

« Exact. Mais les hallucinogènes restent sa spécialité, son casier en témoigne. »

Le portable de Isse grésille. Il se le colle à l'oreille, attentif. La jactance de son interlocuteur terminée, il rengaine l'outil.

« Pratique, ce genre d'appareil, tu devrais t'en procurer un, W.C.... Caroit m'annonce que Rachid est en cavale, voilà la réponse à ta question... »

Prouvant qu'elle n'est pas qu'une horizontale mais aussi, une cérébrale, Solange entre en piste :

« Pensez-vous qu'il puisse y avoir un lien entre le trafic de came et le chourineur et que ce dernier pourrait s'en prendre aux...

— ... Putes ? (bonjour la délicatesse) je n'en sais rien, madame (tu vois que tu sais être correct quand tu veux). Quant au lien, je ne l'ai pas encore établi. »

Le commissaire demeure pensif. Et si Solange venait de lui ouvrir les mirettes sur de nouveaux horizons ?

Bravo ma poule, je suis fier de toi, je t'adore, mais je ne te le dirai pas. On a ses pudeurs...

Sur cette éventualité, qui laisse chacun perplexe, le calendo se taille. Je fais du quès et suis à cent mille bornes de me douter que le destin s'active à me tailler un costard de héros...

Allongé sur mon plumard, les yeux rivés au plafond, je baigne dans une douce torpeur.

Les événements de ces dernières heures repassent en cinérama dans ma tronche. La question de Solange me poursuit. Et si elle avait touché le fond du problème en insinuant un lien entre le chourineur et le bizness de la blanche ? De deux affaires, il n'y en aurait qu'une et, en délattant Rodrigo et le trafic de came, je mettais la police sur la piste du chourineur. Ce serait trop chouettose, si je peux dire...

A minuit pile, je bouscule ma carcasse pour me mettre en branle. Après m'être harnaché, je décide de rendre visite aux quilles.

Dehors, il fait nuit noire. J'avise un bahut qui m'emmènera sur les lieux de mon turbin. Pourtant, chemin faisant, je me ravise et demande au chauffeur de me déposer au bout de la rue. Un peu de marche me dégourdira les flûtes.

Je n'ai pas fait cent mètres qu'apparaît, au loin, le pinceau de deux phares dirigé dans ma direction. La tire roule au pas d'homme.

Une petite voix intérieure me souffle dans les portugaises qu'il y a du pet.

Coup de bol, sur ma droite, une porte cochère offre une hospitalité inespérée. Je m'y engouffre fissa pour devenir l'homme invisible.

Le grondement du moteur se rapproche. J'ai le palpitant qui cogne à tout casser, il n'aurait pas besoin d'une pole position pour distancer d'emblée la bagnole qui s'arrête à ma hauteur. Le ou les occupants m'auraient-ils aperçu avant que je me planque ?

Les feux s'éteignent, le contact est coupé. Le silence qui suit est encore plus lourd de gouales. Je ne respire que par petites saccades.

Des claquements de portières auxquels succèdent des pas lents me font craindre le pire. Je me prépare à déguster.

Alors, les mecs de la hotte s'arrêtent soudain et se mettent à jacter à voix basses. Ouf, ils ne m'ont pas retapissé. D'où je me trouve, je suis aux premières loges et peux tout entendre.

« Merci pour le tuyau, inspecteur... comme convenu... voilà votre part du gâteau... mais pourquoi de la blanche et pas de l'oseille ?

— T'occupe Rachid, c'est pas tes oignons. Contente-toi de profiter de mes sources... et puis, je te le répète, fais pas le mariolle, je ne tiens pas à ce que notre association soit débusquée.

— J'y tiens pas non plus. Si vous désirez que je me tienne à carreau pendant un moment... je prends le maquis quand vous voulez, c'est vous le patron...

— Surtout pas ! Tu dois te montrer, gros malin, c'est plus sûr. Isse t'a envoyé les deux lopettes au cul, comme ils ne t'ont pas trouvé, ils vont en déduire que t'as pas la conscience tranquille. Dès demain, pointe ton museau ! »

Cette voix, je la reconnais... c'est celle d'Ubu ! Ainsi le commissaire avait eu du pif, il y a bien une taupe dans son jardin...

« Autre chose... y a une donneuse chez les voyous... faudrait que tu enquêtes, sans cela, le cinéma de *Chez Suzette* risque de rallé-ger. »

Ah, je pense qu'on parle de moi maintenant...

Ubu poursuit en aparté :

« Cet inspecteur Lafleur, je ne le sens pas...

— Qui ça ?

— Rien, je gamberge...

— ... Heu, c'est marrant qu'un flic... un inspecteur de police me demande d'enquêter. C'est le monde à l'envers.

— Il tournerait pas plus mal...

— Bon... ah, oui, si on me questionne, comment vais-je justifier mon absence d'aujourd'hui ? »

Le flic, excédé :

« Tu veux que j'inscrive un mot dans ton journal de classe ? T'es plus un môme tout de même ! Je ne sais pas moi, dis que tu es allé respirer l'air de la mer. Et puis, coolos, personne, pas même la taulière, ne t'a vu argougner la came. Jusqu'à preuve du contraire, tu es défargué. Si d'aventure on te cherchait des crosses ou si ça tournait au vinaigre, t'inquiète, je demanderais pour m'occuper de ton cas, compris ? À présent, casse-toi !

— O.K....O.K.... à la revoyure, inspecteur, je vous dépose quelque part ?

— D'abord, cesse de m'appeler inspecteur, c'est Raymond, je te l'ai déjà dit cent fois ! Ensuite, merci pour ta proposition, mais je crèche pas loin d'ici. Je préfère rentrer à pinces. Faut pas qu'on nous voie ensemble...

— D'accord, inspecteur, Raymond... »
Arrogant, le morveux.

Un claquement de portière, un moteur qui s'emballe, et voilà Rachid qui s'en va.

Je risque un œil prudent. Raymond Ubu me tourne le dos, il lorgne le bout de la rue où disparaît son complice.

Quelque chose me susurre à l'oreille que j'ai intérêt à filer ce ripou. Dès lors, j'attends qu'il décarre pour compter jusqu'à vingt, laissant ainsi suffisamment de champ entre nous.

Je m'affuble de mes artifices, l'inspecteur Lafleur va pister l'inspecteur Ubu. Plutôt cocasse comme scénar, un peu «guerre des polices». Je me laisse presque prendre au jeu, c'est psychologique comme dirait Freud.

Le lardu prend la première à gauche. Une rue pentue qui mène jusqu'à un rond-point que notre homme traverse en diagonale pour gagner un coin plus nave où il s'arrête devant la vingt-deuxième (tu m'étonnes) bâtisse à main droite : une quatre façades croquignolette. Il pousse une petite grille en bois, puis fait quelques mètres sur un sentier dallé, bordé d'azalées.

Pas un seul instant, le bourre ne s'est retourné. Faut croire que je suis passé maître dans l'art de la filature.

Planté devant ce qui doit être à coup sûr son gourbi, il fouille le fond de ses poches. Un tour de clé et, hop, le voilà qui disparaît derrière une lourde porte en faux chêne massif du dessous de laquelle jaillit aussitôt une lumière crue qui s'éteint au bout de quelques secondes. Maintenant que pépère est bien rentré, je ne vois pas la raison d'encore glander dans le secteur, je ne vais tout de même pas aller le border. Je me prépare à décarrer quand soudain, un cri strident déchire le silence de la nuit. Un cri atroce, horrible, qui vous glace les sangs.

Des fenêtres s'ouvrent, laissant apparaître des tronches hébétées.

Ubu jaillit de sa cahute, un magnum calé dans la pogne. Une monstrueuse matrone le talonne, bigoudis sur la trogne, peignoir entrouvert avec vue plongeante sur appâts défraîchis non utilisables. Mes aïeux, une horreur... pire que le cri !

Pour pas qu'on me repère, je me planque à la sauvette derrière la première tire qui s'offre à moi. Une Excalibur, excusez du pneu, comme dirait Isse. Arrêt sur l'image.

Comme plus rien ne vient chahuter le calme vespéral, tout le monde s'ébroue pour se retrancher, bien au chaud, dans sa casemate. L'inspecteur Ubu fait du quès, suivi de sa grognasse.

Il s'écoule pas une minute après ce repli massif, quand un clébard du style ramasse bitume, agressif en diable, vient aboyer devant ma bouille déconfite. Comme si j'avais marché sur sa queue. Notez qu'il l'aurait pas volé, ce gueulard. Et ce n'est pas l'envie qui me manque de lui flanquer un bon coup de savate. Sale bête, va !

« Allons Kiki, n'aie pas peur, monsieur ne te veut aucun mal », anone un grand dégingandé, le maître de la belliqueuse miniature, en me gratifiant d'un regard complice.

Décidé à ne pas me lâcher la grappe, le responsable de l'horrible cador s'enquiert s'il peut m'être d'une quelconque utilité. Faut dire que ma position accroupie derrière une bagnole a de quoi interpeller plus d'un curieux.

« Non, ça va, j'ai perdu ma gourmette, je vais la retrouver... »

Le mec, sûrement un ancien scout (nom de totem : casse bonbons), remet le couvert :

« Vas-y Kiki, cherche la gourmette de monsieur, je sais que tu peux... vous allez voir, c'est une bête formidable, elle...

— ... va me foutre la paix, oui ! Sinon je le mords et toi aussi ! Faites gaffe, je suis séropositif ! » Je les mystifie, haineux.

Le mec ne demande pas son reste. Prenant la poudre d'escampette, il entraîne dans sa fuite éperdue son stupide renifle merdes.

Foutus clébards, on devrait leur coller une sonde, ils n'obligeraient pas leurs maîtres à se balader à une heure indue pour emmerder les noctambules.

J'en ai à peine terminé avec cette idée digne de figurer au sommaire d'un numéro de *30 millions d'amis*, qu'une espèce de nain manque de me renverser tant il paraît pressé. Le sous-dimensionné grommelle un « excusez-boi » forcé et poursuit son chemin.

Un galure gigantesque, un col haut relevé et un manteau trop long occultent quasi le nabot qui ne marche pas, mais glisse. Il semble monté sur roulement à billes.

Heureusement, son pif témoigne du fait qu'il existe une présence humaine dans ce monticule d'étoffes ambulant. Un pif démesuré, irréel, un pif gadget. « En voilà un qui est bien nez », dirait Isse.

Au loin, des sirènes de police hurlent. Elles se rapprochent.

Pris d'une peur panique, le pygmée se met à courir. Ce gars-là n'a pas la conscience tranquille. Je lui file le train.

Passé le rond-point, nous dévalons à toute allure la Rue du Domaine qui se termine où commence un terrain vague encombré d'une végétation sauvage. Trois pâles réverbères éclairent l'endroit, accentuant son aspect lugubre.

Malgré des vêtements trop grands, ce qui doit le gêner pour galoper, le modèle réduit maintient la distance entre nous. Je me demande si je ne devrais pas, de temps à autre, me remettre au jogging.

Et si c'était le chourineur que j'avais en point de mire ? Une éventualité qui m'épouvante tout en décuplant ma volonté de le filocher et de conserver ce subtil sens de l'humour qui me soutient en toutes circonstances : j'imagine ce lilliputien pris d'une crise de fou rire quand l'herbe chatouillera le dessous de ses bras...

Mais le voilà qui s'arrête et prend appui contre un réverbère. Haletant, il éprouve mille difficultés à reprendre son souffle. Je m'avance mollo, la frime en sueur.

Sans crier gare, le rase moquette brandit un surin maculé de sang frais. Sa main tremblote. La course, la frousse d'être confondu, on serait à cran pour moins que ça...

Face à moi, un énorme tarin. Une véritable carte de visite. Tranchant comme un couperet de guillotine, il m'apparaît tour à tour arrogant, provoquant, subversif, moqueur, ostentatoire, péninsulaire... un coupe-vent, un nez... ventreur ! Là, j'arrête, y a pas de raison de faire la nique à messieurs Edmond Rostand et Paul Isse...

« Que be boulez-bous ? » demande-t-il, agressif, avant d'enchaîner sans transition par une question existentielle :

« ... Bon dez de bous rebient bas ? »

Quel charabia ! Le gars parle du pif, tu m'étonnes. Je lui réponds, faussement goguenard :

« Moi ? Rien, tout me semble normal. Un mec enfoui dans des fringues trop grandes pour lui, déboulant, presto, d'un coin d'où a jailli un cri lugubre, normal... le même gonze qui détale comme un lapin dès qu'il entend les sirènes de police, R.A.S.... enfin, ce brave petiot me tient en joue avec une arme fraîchement utilisée... franchement sympa. Non, décidément, je me fais un sang d'encre pour rien. Je dois être parano ou un truc dans ce goût-là. Je pense que je vais aller pieuter au lieu de me torturer le ciboulot bêtement.

— Arrêde de be brendre bour un con, je be doude que du de doudes... »

Le mecton commence à se dandiner comme un ours dressé sur ses pattes-arrières, tentant d'attraper l'appétissant poisson que le gardien du zoo agite sous ses naseaux.

« Reconnais tout de même que les apparences sont contre toi...

— Du be crains ?

— Je devrais ? » dis-je en le toisant de pas très haut en bas.

« Voui, voui, c'est bas barce que je suis bedit, doi aussi, du de boques de boi. »

Je n'ai pas le temps de répondre que le gringalet commence à trépigner en martelant le sol de ses petits arpions, tel un môme devant un joujou refusé à son désir.

Je profite de cette sardane improvisée pour me rapprocher. On ne va pas s'éterniser ici, faut passer à l'action. *Big noise* se ressaisit in extremis.

« N'abbroche bas dabandage ou je de blande le surin dans le bide ! »

C'est qu'il le ferait, ce salaud !

« Allons, déconne pas, ça t'avancerait à quoi d'allonger la liste de tes victimes ? Si t'es raisonnable, je ne manquerai pas de le signaler...

— Don... don et don, je de beux bas aller au coin !

— ?

— Elles édaient bien dées, trop belles bour boi... cobbe baban... bon dez les faisait rire... cobbe baban... Ba bouille et ba daille aussi... cobbe baban... »

J'entre dans son jeu :

« T'as raison, ces chiennes n'ont eu que ce qu'elles méritaient... maintenant, t'es tranquille, tu peux rengainer ton couteau. »

L'avorton tombe à genoux. Vision surréaliste que celle de voir chialer la terreur qui fait trembler toute la ville par ses crimes horribles. On dirait un lardon qui vient de lisbroquer dans son froc.

Je m'enhardis au point que si je tends le bras, je le touche. Ce taré n'est pas dupe de ma tentative.

« N'abance blus je de dis !

— O.K., O.K.... dis-moi, comment t'y prenais-tu pour pénétrer chez elles ? » Je temporise comme je peux.

« Bouh... ouh, ouh,... je d'avais aucude peide à les suibre et à b'indroduire dans leurs biaules, vu ba bedide daille...

— Tu vois que ça ne comporte pas que des inconvénients... »

Il oscille la tête vers la gauche comme s'il méditait. Puis, brusque changement de tactique, le folingue me prend, à présent, pour son dabe :

« Dis baba... du de le diras bas à baban... sidon elle ba be bunir... en b'enferbant dans le sac de couchage...

— T'inquiète, je ne lui dirai rien... à condition que tu me donnes ce que tu tiens serré dans ta pogne...

— ... D'accord, bais d'oublie pas da probesse... je beux blus aller dans le sac de couchage ! »

À ma stupéfaction, le chourineur pose le surin à ses pieds et se jette dans mes bras en ouvrant toutes grandes les vannes. A ce tarif-là, il va se noyer et m'entraîner dans son déluge.

Tu parles d'un cirque ! J'ai pas l'air con, moi. Je serre ce gogol contre mon thorax si beau, si puissant, si chaud ! Si les poulets rappliquent, ils vont m'épingler pour fréquentation suspicieuse.

Je profite de la situation pour ôter son couvre-chef, mettant ainsi en lumière un visage affreusement mutilé. M'est avis que ce gniard se taille la barbe à l'aide de son poignard.

Un œil globuleux, l'autre, il a dû se l'enlever en se rasant de trop près, mouillant et apeuré de «bébé phoque couché sur la banquise, prêt à se ramasser un coup de latte sur le coin de la gueule» me fixe avec intensité.

250

Il fouille la poche intérieure de son manteau pour en extraire une petite carte sur laquelle sont imprimés ces quelques mots, tirés d'une comptine :

Une souris verte
qui courait dans l'herbe
Je l'attrape par les cheveux
Et je l'ouvre en moins de deux !

« Du be la chandes, dis, baba, abant que je b'endorbes ? »

Cette monstrueuse miniature humanoïde, d'une cruauté sans borne, qui vire au mouflet me fait gerber. S'il a cru me chambrer, ce malfaisant qui me prend pour un thon, il se goure et va entraver aussi sec. En attendant, je vais la chanter, sa berceuse... une fois... deux fois... autant de fois qu'il le faudra. Je terminerai mon récital par « dodo, l'enfant do » puis, le déposerai comme une fleur au commissariat.

C'est dans l'arrière-salle d'un troquet, loin des regards indiscrets, que le commissaire Isse m'a filé un rencard. Le calendo me colle toujours sous le pif cette haleine fétide « saut du lit » qu'il trimbale toute la journée.

« Bravo W.C., on peut dire que tu as eu du flair pour débusquer le chourineur...

— Je dirais que c'est plutôt lui qui n'en manque pas...

— Ah ! Ah ! Ah ! Sacré W.C. et pas cabot pour un sou avec ça.

— Ne me parlez pas de clébard, commissaire, quand je pense qu'il y en a un qui aurait pu mal orienter l'affaire.

— Encore toutes mes félicitations, W.C. ! Cette fois-ci, on n'aura pas fait chou blanc. Tant mieux, je n'aime toujours pas le chou, qu'il soit blanc, rouge ou *rineur* ! Ah ! Ah ! Ah ! »

Bordel, et je sais toujours de quoi je parle, il me tue avec ses feintes à deux balles.

Au fil de notre conversation, j'apprends que la femme de l'inspecteur Raymond Lafève, véritable nom d'Ubu, est dotée d'une appétence sexuelle peu banale. Ce qui oblige le pauvre zigue, devant les « a pas » (sic) de sa grognasse, de se faire une ligne avant de monter à l'assaut. Je comprends, tant d'héroïsme mériterait une remise de peine.

En ce qui concerne Rachid, il sera condamné à des travaux d'intérêt public sous haute surveillance. Après cela, son daron compte le faire bosser en l'embauchant comme pompiste dans une de ses stations.

Isse me signale aussi qu'il a veillé perso à ce que ce ne soit pas Tiano qui mette le chourineur sur la sellette. La grande taille de l'inspecteur risque de complexer le dessoudeur de poche et l'empêcher ainsi de se déballer. Ah, mais c'est qu'on peut se montrer finaud chez la flicaille.

D'autre part, il existe bien un lien de parenté entre la famille Sulfurik et Gaspard Kapak, nom du chourineur qui est le fils du beau-frère de la belle-soeur de la deuxième épouse de Josip, le dabe de Rachid.

Peu probable, avec un cousinage aussi éloigné, que les deux fias soient au parfum de leurs bizness respectifs. Bravo quand même à Solange.

Enfin, côté carnet mondain, Caroit a l'intention d'officialiser sa liaison avec son haltère ego.

« À présent, W.C., que vas-tu faire ?

— Suivre vos conseils, commissaire... en me procurant un portable... il m'aurait bien été utile l'autre nuit...

— Et ma proposition concernant la police, tu y songes ?

— Pas vraiment... j'ai pas envie, comme Rivère, qu'un mec me passe la bagouse au doigt... rassurez-vous, je plaisante, commissaire. Non, il y a autre chose qui me chagrine : imaginez donc mes initiales sur la porte, W.C. ! Les visiteurs croiraient avoir accès aux tartissoires du commissariat...

— Je te rappelle qu'elles nous ont permis de flairer la bonne piste, les tartissoires... et tant pis, si elles ne sentent pas la rose, pas vrai, inspecteur Lafleur ? Ah ! Ah ! Ah ! »

Stop, n'en jetez plus, la cour est pleine, rideau !

Table des matières

dépôt légal D/2014/11674/13

Imprimé en numérique

www.ingramcontent.com/pod-product-compliance
Lightning Source LLC
Chambersburg PA
CBHW070511030726
47503CB00004B/1233